KB140492

이향영 작가의
아름다운 생애보

당신이 있어
내가 있습니다

우분투❷

..e, right, and LAPD Officer Marty Chalupa load a van with 100 cases of soup that Lee purchased for the homele..

A TIME FOR GIVING

..dent saves allowance to buy food for homeless

..r Ann Huser
..TER

..rossroads School sophomore Paul
..Lee is one of those organized
..people who shops all year long
..for Christmas presents. But Lee
..buys the same presents — instant
..for the homeless.

..he last two years, the Santa
.. teen-ager has saved part of his
..eek allowance to buy soup for the
..Christmas food give-away..

Lee spends about $50 a month on
instant soup at the supermarket and
stores it in the garage. This year he has
collected 100 cases of soup for the LAPD.

It's something he doesn't talk about
much and he prefers it that way.

"I tell my friends if they ask what I'm
doing, but usually I don't say anything,"
Lee said.

"I got the idea from my mom," Lee
explained. "She says they're really poor

Three years ago Lee bought blanke..
for the homeless with his savings.

Lee and his mother, Lisa, came to ..
Angeles 14 years ago from Pusan, Ko..

"This is the decade where everyone ..
worries about themselves, and I don't ..
want my son to grow up that way," sa..
Lisa Lee, a Santa Monica real estate
agent.

"It's important to share with neighb..
and community," she said

이향영 작가의 아름다운 생애보

당신이 있어
내가 있습니다

우분투 ❷

전효선 엮음

도서출판
작가마을

  2021년 10월 가을이 물들어 갈 때, 사랑의열매 사회복지 공동모금
회에서 진행하는 아너 소사이어티에 가입하신 회원을 대상으로 진행
했던 생애보 작성을 위해 이향영 미국명, 리사리 선생님과의 인터뷰
가 예정되어 있었다. 선생님은 2020년 12월 22일, 1992년 하늘나라
로 떠난 아들 폴과 함께 부산 아너소사이어티 회원이 되신 분이다.

  나는 인터뷰를 위해 10월 8일 서울에서 비행기를 타고 부산일보 건
물 내 부산 '사랑의열매' 사무실에 도착했다. 모두 환대하는 따뜻한 분
위기 속에서 처음으로 이향영 선생님을 뵈었다. 암 치료하고 계신다
는 선생님의 모습 어디에도 아프신 기색이 없으셨고, 더구나 팔순을
앞두고 계신다는 사실은 더욱 믿기 어려울 정도로 건강해 보이셨다.
미키마우스 자수가 새겨진 청재킷에 바지와 운동화 차림으로 수수하
지만, 세련된 모습에 밝은 목소리는 이제 막 칠십은 지나셨을까 하는
생각이 들었다.

  차 한 잔 또 한 잔에 선생님의 인생 보따리가 끝없이 풀어지면서, 아
들의 서울대 감전사와 세월호의 단원고 사건 앞에서는 눈물을 보이셨
다. 울고 웃는 시간 동안 선생님의 80년 인생 이야기가 끝나고, 서울
에 올라와 인터뷰를 정리하여 생애보를 완성했다. 생애보는 리플렛으
로 제작되어 12월 부산 사랑의열매로 전달되었다.

  10월 말 어느 날 선생님께서 기쁜 소식을 전해 주셨다. '사랑의열
매' 대상 시상식 공헌장 기부 분야에서 대상 수상자로 선정되어 참석
해야 하는데, 코로나로 참석인원이 2명이라 조카와 저를 초대하신다
는 전갈이었다. 시상식 날 예약해 둔 풍성한 장미를 안고 행사장으로
갔다. 행사는 11월 11일 오후 2시며, '제8회 사랑의열매 대상 시상식'
이 23주년 기념식과 함께 진행되었다. 선생님은 어떤 소감을 말해야
할지 많이 떨린다고 하셨는데, 연습하신 것처럼 잘 돼야 할 텐데 멀리

서 지켜보는 나도 마음이 조마조마했다.

"…… 앞으로 계획은 지난날의 저의 경험과 체험을 담은 교과서 같은 책을 출판하여 비 아너들을 위해 사용되도록 이곳에 참석한 전효선 작가와 함께 내도록 하겠습니다. 감사합니다."

소감은 잘 말씀하셨는데, 책을 내는 일에 내가 포함되었다는 소감 내용에 순간 호흡이 멎는 줄 알았다. 잠시 후 기념 촬영이 끝나고 조흥식 회장님께서 "꼭 교과서 같은 책을 써 주세요. 잘 부탁드립니다."라는 친절한 격려의 인사를 하셨다. 선생님은 행사가 끝나고 곧바로 부산으로 가시면서 "작가님 다시 통화해요. 우리 잘 써 봅시다." 하고 떠나셨다. 나는 이 상황을 난감해하며, 여러 번 사양했지만, 선생님은 겸손하게도 햇병아리 작가에게 당신의 80년을 맡기셨다.

이 책은 어려움 당하는 이웃에게 나부터 손 내미는 용기가 필요함을 삶의 여정에 담았다. 이웃의 아픔을 나의 아픔으로, 이웃의 기쁨을 우리의 기쁨으로 여기는 사회가 되도록 서로의 가슴을 열어 포용할 수 있는 세상을 만드는 데 도움이 되었으면 한다. 아프리카 한 부족의 언어에 '우분투'라는 말이 있다. '당신이 있어 내가 있습니다.'라는 뜻을 가진 말이 우리가 살아가는 지금의 사회에서 구현되고 형성되어야 할 시대정신이 아닐까 한다.

책의 구성은 선생님의 작품들을 찾아 봄/여름/가을/겨울의 총 4부로 나누어 엮었다. 이것으로 부족하겠지만 이향영 선생의 봉사와 구제의 인생 여정을 담고자 했음을 독자들에게 밝혀둔다. 무엇보다 우분투 책을 만나는 모든 사람이 세상을 조금 더 따뜻한 공동체로 만들어 가는 데 힘을 더할 수 있길 간절한 바람을 가져본다.

2022년 가을, 전효선

『우분투』1, 2권을 너그럽고도
사랑스럽게 읽어봐 주시기를

　저의 작품을 만나게 될 독자분들에게 감사를 전합니다.

　이번의 『당신이 있어 내가 있습니다』(우분투 2)는 제가 그동안 발표해
온 작품들을 전효선 작가께서 봄, 여름, 가을, 겨울이라는 인생사의
흐름에 맞춘 분류를 통해 잘 엮어주셨기에 먼저 고마움을 전합니다.

　하지만 '우분투'를 읽으시는 독자님께 양해를 구하는 바입니다.

　기획 당시 전효선 작가는 저의 이야기를 쓰고 저는 저만의 글을 따
로 써서 두 권의 단행본을 펴내고자 하였습니다. 그러나 출판사의 독
촉과 시간에 쫓기다 보니 전효선 작가님은 저의 지난 작품들을 꼼꼼
히 읽으시고는 계절별 구성으로 엮어 편찬원고를 준비해주셨습니다.

　그래서인지 전효선 작가님이 엮은 '우분투 2' 원고와 저의 '우분투
1' 원고가 별반 차이가 없는 이향영의 창작원고가 되고 말았습니다.
그러다 보니 비슷한 작품과 중복되는 작품도 있습니다. 두 원고를 앞
에 두고 '우분투 1권'과 '우분투 2권'의 원고가 유사성이 많아 고민을
하였습니다. 하지만 지난해 사랑의열매 기부대상 수상소감 때 올해
반드시 전효선 작가와 책을 펴내겠다고 많은 분에게 약속하였기에 그
약속을 지키고자 비록 유사할지라도 그대로 출간하게 되었습니다.

　저는 제 인생에서 가장 소중한 것을 상실했지만 그로 인해 또 다른

중요한 것을 얻는 새로운 세상을 경험하면서 살아왔습니다. 어쩌면 저는 누구도 경험하지 못한 일들을 겪어 왔는지도 모릅니다. 또 이 세상에는 나보다 불행한 시간들을 보내거나 보냈던 분들도 많을 것입니다. 제게 일어난, 차마 감당하기 힘든 일들은 타인들 또한 겪어서는 안 되는 일들입니다. 하지만 우리 인간은 어떠한 고난도 이겨내는 능력이 있습니다. 저는 죽기보다 힘든 시간들을 사랑하는 사람에 대한 글쓰기와 추억을 남기는 작업을 통해 극복해왔습니다. '우분투 1'과 '우분투 2'는 바로 그러한 제 삶의 여정이기도 합니다.

무엇보다 저희 두 사람의 글을 너그럽고도 사랑스럽게 읽어봐 주시기를 당부드립니다.

'우분투 1' 저자이자 '우분투 2' 원작자

이향영Lisa Lee 드림

차례

당신이 있어 내가 있습니다 — 우분투 ❷

전효선 엮음

제3부
인생 사계절-가을

당신이 있어 내가 있습니다 - 우분투❷

전효선 엮음

제4부

인생 사계절―겨울

1부

인생 사계절 - 봄

호랑이 훈장 선생님 아버지와
인자하신 어머니

내 삶은 1943년 10월 3일
경북 청도군 금천면 방지리에서 시작되었다
집 가까운 곳에 신라 천년고찰 운문사雲門寺가 있고
시원한 물줄기 금천錦川강이 흐르고
뒷산에는 개나리와 진달래가 흐드러지게 피고 해서
성장기에 자연의 선물을 많이 받고 자랐다

당시 우리 집은 살림살이가 조금은 넉넉했고
나는 2남 2녀 중 셋째로 태어났다
위로는 열 살이 많은 오빠와 세상에서 가장
사랑하는 향기 언니가 있고 아래로 누구보다
든든하고 의지가 되는 남동생 마르첼리노가 있다

당시 마을에는 약 300호 정도의 가구가 살고 있었는데
아버지는 동네에서 호랑이 훈장 선생님으로 통했다
아버지의 그림자가 마당에 어른거리면

아무도 선뜻 대문을 밀고 안으로 들어서지 못했다
아버지는 '정직'을 가장 큰 덕목으로 여기셨고
다른 사람에게 민폐 끼치는 것을 무척이나 싫어하셨다
다른 사람에게 물건을 빌려 주는 경우는 있었지만

다른 집에 가서 무엇을 빌려오라는 심부름이나 말씀은
아버지로부터 들어 본 적이 없었다

그리고 물질 때문에 거짓을 하거나
다른 사람을 속이는 것도 엄히 금하셨다
'사람이 하루 세 끼면 되지 다섯 끼를 먹는 것이 아니니
먹어도 정직하게 먹어야 한다.'라고 이르셨다
아버지의 정직한 삶은 내 평생의 습관이 되었다

아침 식전부터 우리 남매는
아버지와 함께하는 매일 반복되는 일정이 있었다
아버지는 천자문千字文을 벽에 걸어두시고
우리 남매를 앉혀 놓고 조목조목 막대기로
짚어가며 가르치시는 것으로 일과를 시작하셨다

그 공부가 끝나야 밥을 먹을 수 있었다
아버지는 어릴 때부터 자식들에게
인불학부지도人不學不知道 즉
사람은 배우지 않으면 도道를 알지 못함을
몸소 가르치시고 삶으로 보이셨다

아버지는 낮에는 농사일하시고, 저녁에는 고향 마을
청년들과 배움을 접하지 못한 머슴들에게
마을에 서당을 열어 무료로 밤늦도록 글을 가르치셨다
끊이지 않는 가르침 때문에 사랑채에는
글 읽는 소리가 밤이 깊도록 떠나지 않았다
안방까지 그 소리가 잠결에도 쟁쟁하게 들리곤 했다
지금도, 어릴 적 공부 습관 덕분에 내가 팔순이 되어도
배움에 대한 열망이 사그라지지 않고
여전히 배움에 목말라하는 이유가 아닐까 싶다

'너희 엄마 같은 사람은 없다
너희 엄마는 법 없이도 사시는 분이셨다.'
엄마가 돌아가셨을 때 동네 어른들이
이구동성으로 내게 주신 말씀이다

아버지가 '정직'을 몸으로 살아내셨다면
엄마는 참된 '인성'이 무엇인지
삶으로 보여주신 분이다
아버지는 사랑채에서 천자문을
엄마는 안방을 동네에서 소박을 맞고 들어온
사람들을 챙기고 살피는 아지트로 삼으셨다

가끔 스님이 탁발하러 오시면
그 발걸음도 헛되지 않게 하셨고
거지들의 동냥 그릇에도 마음 가득 채우는 엄마였다
엄마는 먹을 것이 부족해도 나누는 삶을 살아내셨다

동네에 6·25전쟁으로
정신을 놓아버린 청년이 있었다
이름을 물어도 그저 빙그레 웃기만 했다
엄마는 자신이 누군지 이름도 기억하지 못하는
그 사람을 챙기고 이름도 지어 주었다
'대복大福'이란 이름으로 배고프지 않고
큰 복 받고 살기를 바라는 염원의 이름이었다
그 후로 마을 사람들도 그를 대복이라 불렀고
그 사람은 엄마의 보살핌이 좋았는지
우리 집 주변을 늘 맴돌았다

이렇게 엄마는 인순仁順이란 이름처럼
당신을 명명하는 그대로 삶을 넉넉히 이루셨다
그리고 엄마의 자비로운 삶은
고스란히 내 몸속에 DNA처럼 남아
나도 엄마의 길을 따르는 삶을 살아가고 있다

나무의 옹이 같은 성장기

어릴 때부터 호기심이 많았고 제법 씩씩했던
나는 애들을 몰고 다니는
동네 골목대장이었다
계절의 변화에 아랑곳하지 않고 산과 들로
자연을 내 집처럼 누비며 돌아다녔다
그 시대에 유행했던
고무줄놀이, 공기놀이, 땅따먹기
놀이는 해가 지도록 했던 놀이다

여덟 살이 되었을 때 금천면 신지리에 있는
금천국민학교에 입학하면서
나는 정식으로 배움의 길에 서게 되었다
중학교를 졸업하고 고등학교에 입학했을 때
집안 사정이 매우 어렵게 되었다
오빠가 치과를 개원하기까지 장남을
전폭적으로 지원하셨던 부모님이 그 여파로
경제적으로 큰 어려움을 맞게 되었다

그때는 자식 특히 맏이를 위해 전답田畓을
팔아 공부를 시키던 것이 일반적이긴 했지만
그것으로 인해 남동생과 나는

어렵게 학교에 다녀야 했다
결국 아버지는 양정동 공동묘지 산언덕에
흙으로 손수 집을 짓고
우리 가족은 그 토담집으로 이사하게 되었다
그때 우리 가족이 엄청나게 고생한 것을
생각하면 지금도 눈시울이 붉어진다

대한민국 제1호 신문 배달 여학생

어려워진 집안 살림에 조금이라도 도움이 되기 위해
동생과 나는 무엇이라도 해야 했다
동생은 구두를 닦고
나는 신문 배달을 하기로 했다
먼저 부산일보 부전지국을 찾아갔다
신문 배달을 하려고 왔다고 했더니
고등학교 1학년 여학생이 신문 배달하겠다는
말에 기가 찬다는 표정을 지었다

"남학생이 하는 걸 여학생이 어떻게 하려고?"라며
반문하셨고 나는 당차게 말했다
"남학생이 하는 일을 여학생이라고 왜? 못 해요?
시켜주시면 잘 할 수 있습니다
시켜만 주세요."라며 애원했다
"아마 학생이 대한민국 1호 신문 배달
여학생일 거야." 하셨다

김 지국장님이 기특하게 보셨는지 우선
조간朝刊 석간夕刊 50부만 돌려보라고 하셨다
여학생임을 고려해서 지국 근처
부전시장 내에 불빛도 있고 되도록

밝은 곳으로 배달지역을 배정해 주셨다
처음에는 부전시장 구역 50집을
며칠을 따라다니며 인계받은 집들을 기억했다
그렇게 시작한 신문 배달은
비바람이 험하게 몰아치는
날씨에도 변함없이 3년 동안 계속되었다
3년 후 그만둘 때는 165부를 확장해서 건넸다

매일 새벽 3시 기상 3시 반 출발은
시계 알람처럼 정확해야 했고
어두운 공동묘지 옆을 지나는 것이 너무 무서워
가끔은 엄마가 아래 길까지 데려다주기도 하셨다
동이 트기 전 매일 새벽어둠 속으로 멀어져가는
딸의 뒷모습을 보는 엄마의 가슴은 얼마나 아팠을까

지국에 도착하면 신문 사이사이에 광고지를 넣은 후
한 보따리를 옆에 끼고 조간 배달에 나섰다
배달이 익숙해질 때쯤 부전시장 상인들은
나에게 대단한 학생이라며 칭찬과 더불어 신문
구독을 해주었고 부수도 점차 늘려갈 수 있었다
가가호호家家戶戶 하는 배달이다 보니

신문 구독자들과 친하게 지내게 되었다

어느 때는 공부보다 신문
배달이 더 신나기도 했었다
어떤 사람은 혀를 차면서
'공부하려고 저렇게 힘들게 고생하는구나.' 했고
나는 한 번도 내 모습을
창피하게 생각한 적이 없었다
스스로 대견해하며
오직 배달하는 일에 열중했다

어느 날 새벽, 그날도 어김없이
신문 배달을 하고 있는데
부잣집 대문 앞에 아기가 강보에 싸여 있었다
분명 어떤 사연이 있는 것 같아 그 집 초인종을
여러 번 눌러 보았지만 인기척이 없었다
겨울철이라 그대로 두면
아기가 얼어 죽을까 걱정되었다
결국 신문과 아기를 안고 신문을 배달했다
두 팔은 이미 천근만근으로 무거워졌고
지친 몸을 끌고 겨우 경찰서로 갔다

아기를 안고 들어서는 내 모습에
경찰은 별로 반기는 안색은 아니었지만
나로서는 달리 방법이 없었다
아기를 안고 학교에 갈 수도 없고
아기 부모를 찾아 줄 적당한 방법도 없었다

이런 일은 신문 배달 3년 동안 단 한 번이었지만
아기가 경찰서보다 부잣집의 부모에게
돌아갔다면 잘 살 수 있지 않았을까?
시설에 맡겨져서 그 아기를 힘들게 한 건 아닌지
그때를 생각할 때마다 죄책감이 들곤 했다
아기가 부디 이 땅에서 잘 성장했길 바라는
마음은 현재도 한결같은 나의 바람이다

고달픈 새벽길

매일 마주하는 새벽이 얼마나 힘든지를
고달픈 심정의 글을 동아일보에 보냈다
'고달픈 새벽길'이란 제목으로 쓴 글이 기사화되었고
신문을 읽고 각지에서 대학생들이
내 앞으로 격려의 편지를 보내왔다

당시 나는 동아대학교에 재학 중이어서
편지들은 모두 학생과장 앞으로 갔다
학생과장이 우리 학교 역사상 학생 앞으로
오는 편지가 이렇게 많은 건 처음 봤다 했고
전국에서 도착한 편지들을 한 아름
모아두었던 것을 전달받곤 했다
그 편지들을 들고 나의 클래스메이트
친구 박옥자와 중국집에 앉아 전국
대학생들의 글을 품평하면서 재미있게 읽었다

그 일로 서울대학교 학생이 학교까지 찾아와
만나기도 했지만 만남은 한 번으로 끝났다
이런 일련의 일들은 글쓰기의 힘에서
비롯된 것이었고 내 안의 숨은
재능을 찾을 수 있는 계기가 되었다

〉

지금은 그 글을 보관하고 있지 않아
아쉬움도 남지만 그 뒤로 부산일보에도
다른 글들이 기사화되기도 했다
고등학교 때부터 시작했던 글쓰기 재능은
지금까지 내 삶의 에너지를 펼치고
세상과 소통하는 귀한 디딤돌이 되었다

동병상련同病相憐의 인연

부산진구 전포동에 있는
덕명여자상업고등학교를
졸업할 때까지 신문 배달은 계속되었다
졸업식이 있던 날 친구들과 모임에 가지 않고
내 발길은 태종대 자살바위로 향했다
힘들었던 고교 3년을 보내며 틈틈이 읽었던
니체, 카뮈, 카프카도 내게 삶의
의미나 목적이나 희망을 가져다주지 못했다
살아보려 버둥거려보고 몸부림도 쳐보지만
부모님 눈에는 아들로 시작해서
아들로 끝나는 시선 끝에 나는 없었다

이 세상에서 진정으로 나를 아끼고
사랑해 주는 사람이 없다는 생각이 들었고
내게 더는 삶의 어떤 희망도 꿈도 없었다
어느 날 외할머니의 부고를 받고
엄마가 외갓집에 가셨다
엄마가 안 계신 동안 나는 거의
죽고 싶을 만큼 절망적인 시간을 보냈다
새벽에 나가 신문 배달을 하고
집에 와서 가족의 아침을 챙기고

나서야 학교에 갈 수 있었다

그리고 저녁에 신문 배달 갔다가
수금한 것 입금하고 다시
저녁 챙기는 것을 한동안 해야만 했다
엄마가 며칠 동안이나 돌아오시지 않았기 때문에
그때 내 몸과 마음의 고통은 깊은 바다처럼
무거웠고 살고 싶은 마음이 없었다

파도가 출렁이는 태종대 자살바위 앞에서
나와 같은 한 남학생을 우연히 알게 되었다
그 남학생은 고등학교 졸업 후 서울에 있는
대학에 응시했지만 합격하지 못해
부모님이 크게 실망하는 모습을 보고
태종대에 오게 되었다고 했다
동병상련同病相憐이라 했던가
서로 마음의 상처를 쏟아놓고
나서는 자살하지 않고
더 살아보기로 하고 헤어졌다

그것이 인연이 되어 가끔 만나기는 했지만

나는 연애보다 사는 것이 중요했고
가난을 벗어나 성공해서
부모님을 돕는 과제가 우선이었다
어떻게 살아야 성공하는지를
치열하게 생각하는 나에게 더 이상
만남에 의미를 둘 수 없었다

1969년, 생애 첫 개인전과 런웨이

나는 동아대 상대商大학생이었다
내 전공은 뒤로하고 칸트철학의 매력에 풍덩 빠져
철학과에서 주로 수업을 수강했었다
나는 참으로 별난 대학생이었다
철학과 하영석 교수님께서 열심을 보이는
내게 전과를 권유했을 정도였지만 졸업 후
취업을 빨리해야 하므로 그럴 형편이 아니었다

한 번은 철학 강의를 열심히 청강했던
단짝 친구들을 초대해 주시고
사모님의 환대도 받았다
어떨 땐 막걸릿잔을 앞에 두고 칸트철학을
들려주시기도 했던 다정했던 하영석 교수님,
교수님 덕분에 고교 시절부터 좋아했던
철학은 대학으로 자연스럽게 이어졌다
나는 칸트의 철학보다 사르트르의
철학이 더 마음에 닿았다
이렇게 철학은 항상 내 관심 안에 있었고
대학 이후 인생에서 사유의 근육을
다듬어 주는 중요한 마중물이 되었다

고등학교 때 신문 배달을 했던 것처럼
대학 때도 여전히 가정교사로
경제적인 부분을 해결하고 있었다
늘 시간이 부족했지만 그림 그리는 것을
좋아했던 나는 범일동에 있는
현대미술학원에 다니며 열심히 그림을 배웠다
학원에 다니면서 틈틈이 준비한 그림으로
부산 서면에 있던 '밀다방'에서
1969년 생애 첫 개인전을 열었다
마침 가까이 위치한 하야리아 미군 부대에서
도서관 관장과 한국 직원들 그리고 장교클럽
부인회에서 전시회를 관람하러 왔었다
그때 그림을 보고 부대 내에 전시회를
열어달라는 제안을 그 자리에서 받게 되었다
부대 내 여러 장소에서 그림 전시회를 열게 되었다
그림 덕분에 부대 내 도서관에서 전시회를
계기로 부대 도서관을 자주 애용할 수 있었다

나는 멋지게 옷 입는 것도 좋아했다
의식주란 말에 의상이 먼저인 것을 보면
옷을 잘 입는 의복이 얼마나 중요한가

내 옷은 내가 디자인한 것으로 입고 싶었다

그래서 미술학원과 지척에 있는 범일동 노라노
양재학원에서 의상디자인을 공부했다
배움 뒤에는 항상 결과물이 따르기 마련이다
해운대 극동호텔 앞의 야외 잔디밭에서
비치웨어 쇼를 했다
그때 디자인했던 작품은 '샤르망'이었는데
내 작품을 입고 런웨이 하는 슈퍼모델의
모습을 보면서 행복했었다

나는 내가 좋아하는 것이 있으면 배웠다
모르는 것이 있으면 배워야 직성이 풀리는
그야말로 '호기심 천국'이었다
지금도 호기심이 생기면 알아야 하고 배우겠다는
마음은 꺼지지 않는 용광로처럼 강렬하다
지치지 않는 배움은 어느덧 평생의 훈장들처럼
내게 주렁주렁 달려 그림과 사진과 글로 남게 되었다
이 훈장들은 인생 후반기 삶에 의미 있는 일을 하는데
여러 가지 역할을 톡톡히 하고 있다

남편의 부재 그리고 유빈의 출생

여러 가지 사정으로 동아대학을 졸업하지 못했지만
나의 재능이 배움과 도전을 통해 첫발을 내딛게 되었다
그리고 인생의 봄날 같은 날에
사랑하는 사람과 결혼하고 가정도 꾸렸다
남편은 내가 마시는 차 한 잔에도 건강을 꼼꼼히
챙겨주는 다정하고 정이 많은 사람이었다
늘 바빴고 출장이 잦았던 남편은
1974년 어느 여름날 내 곁을 떠나갔다

그날도 남편은 출장을 갔고 대문을 나가
몇 발짝 걸어가다가 언제나처럼 뒤돌아서서
나를 보고 손을 흔들어 주었다
그것이 남편의 마지막 모습이었고
작별 인사가 되었다
남편은 출장에서 사고를 당해 다시는
돌아올 수 없는 먼 길을 떠났다
출산을 앞둔 나와 곧 태어날 유빈을
두고 그렇게 황망히 떠났다

얼마 후 더위가 한창인 8월 말이었다
나는 힘들고 혼란스러운 상태로 긴 시간 출산의
고통을 겪다 몹시 지친 끝에 유빈이를 출산했다

손가락 열 개, 발가락 열 개를 가진
건강한 출산의 기쁨도 잠시 아들을
혼자 키울 생각에 만감이 교차했다
나는 눈을 감고 하나님께 힘을 달라고 기도했다

시간이 지날수록 남편의 빈자리가 커져만 갔다
큰 상처를 안고 살기에는
너무나 고통스러웠다
때로는 힘들어 극단적인 생각도 했지만
유빈이가 있었기 때문에 견딜 수밖에 없었다
유빈과 내가 살아갈 방도를 찾아야 했다

그 시절에 우리나라는
서양과 달리 한 부모가 홀로 아이를
양육하는 것은 쉬운 일이 아니었다
자라면서 사회의 차별적 시선에 아이가
시달리지 않을까 고민이 되었다 많은 생각 끝에
1975년 내 나이 30대 초에 한 살이었던
유빈을 데리고 미국 이민을 하기로 했다
그 당시만 해도 이민 길이 쉽지 않았다
하지만 간절하면 새로운
길은 열리기 마련이었다

당신이 있어
내가 있습니다

우분투
②

미국 이민과 홀로서기

미국이란 낯선 땅 로스앤젤레스에서
폴과 함께 새로운 인생 여정을 시작했다
미국에서 살기 위해 새로운 이름도 얻었고 앞으로
살면서 수없이 불릴 이름은 '폴 유빈 리'와 '리사리'였다.
시민권을 발급받던 날 내 신분을 보증해 줄 분이
필요해 아는 이 박사님을 보증인으로 모시고 갔다

그때는 까다로운 절차나 비용을
들이지 않고 이름을 변경할 수 있는 기회가 있었다
이향영이란 주민등록상의 이름을 두고
이혜영으로 변경했다
아버지에게 미국 사람들이 '향영'은
발음하기 어려우니 이혜영은 어떤지
여쭈었더니 그리하라고 하셨다
그래서 LA에서는 이혜영으로도 많이 알려졌다
화가협회와 문인협회 작가들은 나를
리사리Lisa Lee로 불렀는데
이 이름에는 사연이 있다
나를 보증하셨던 이 박사님이
내게 이름에 관해 조언해 주셨다
이향영이나 이혜영이란 이름으로는

미국 사회에서 힘들다고 하셨다

이 박사님은 경험담을 말해 주셨다
"내가 이민 초창기에 관공서에서
일을 보려고 이름을 말하면,
내 이름이 어려워 영어 철자 불러주느라
시간이 오래 걸려 애를 먹었으니
부르기 쉬운 이름으로 바꾸는 것이 좋아요."

갑자기 영어 이름을 생각하려니
영화배우 이름밖에 생각나지 않았고
내가 영어 이름을 갖는다고 생각한 적이 없어
머뭇거리고 있을 때 그분이 내게 아주 쉬운
Lisa라는 이름을 지어 주셨다
이름에 특별한 의미가 있었던 것은 아니지만
누구나 발음할 수 있는 이름 리사리는
나를 40년 넘게 쉽게 불리게 해주었다
'리사리 아~ 쉽고도 고마운 내 이름이여!'
학교나 관공서에서는 이름이
쉬워서 좋다는 말도 들었다
Lisa Lee란 이름을 말하면 그 누구도

내게 스펠링을 불러달라는 사람이 없었다

이민 초창기의 삶은 나의 선택보다 주어진
환경에 적응하며 살아야 하는 삶이었다
고정적이고 안정된 직업을 찾을 때까지
나는 쉽게 구할 수 있는 일들을 선택해서 우선
한국 식당에서 낮에는 웨이트리스 일을 하고
청소 일도 하고 쉬는 날에는 파트타임으로
페인트를 칠하는 일을 따라다니기도 했다

내가 일하는 동안 폴을 베이비시터에게 맡겼다
낯선 환경에 불안했던 폴은 새벽마다 깨어 울었다
그때마다 우는 아이를 안고
잠이 들 때까지 아이를 달래야 했다
겨우 잠든 폴을 내려놓으면 지쳐버린 내 몸은
깊은 외로움과 막막함에 울음을 삼키곤 했다

폴은 아침에 베이비시터에게 맡겨졌다
온종일 엄마를 기다리며 길게 목을 빼고
창가에 서서 데리러 올 엄마를 기다리곤 했다
아침마다 폴을 두고 돌아서는 내 가슴은 미어지고

눈시울이 붉어졌지만 폴의 애원하는 눈빛 앞에서도
냉정하게 돌아서는 엄마가 되어야 했다
'우리 보금자리를 하루라도 빨리 마련해야 해.'라는
각오를 매일매일 다지며 온 힘을 다했다
다행히 친구의 도움으로 1년 후 코리아타운에
방이 하나 있는 아파트로 이사할 수 있었다

그날도 여느 날처럼 일을 끝내고
폴을 데리러 베이비시터에게 갔다
폴은 웬일인지 평소보다 기분이
안 좋아 보였고 풀이 죽은 모습이었다
폴이 아빠가 없었기 때문에 베이비시터의 남편을
'아빠'라고 부른 것이 화근이었다
그 집 세 살짜리 아들이 화를 내며

"우리 아빠한테 아빠라고 부르지 마
내 아빠야, 너 아빠가 아니란 말이야!"라고
소리를 질렀다고 나에게 울먹이며 있었던
일을 슬픈 표정으로 내게 말했다
온종일 엄마와 떨어져 지내면서 아빠 없는 설움까지
당해야 했던 폴에게 내가 할 수 있는 위로는

〉
"엄마가 미안해 아가야, 하지만 그 말이 맞아
우리 아가에게는 내가 엄마고 아빠란다."라고
솔직히 말해 주어야만 했다
그날 밤 잠든 폴의 얼굴을 바라보았다
어린 천사가 내 곁에서
나를 믿고 잠들어 있었다
나는 간절히 기도했다
어떠한 상황에도 견딜 힘을 주시고
이후의 삶에 대해 바른 결정을
할 수 있도록 인도해 주시기를
내 영적인 아버지 하나님께 간구했다

얼마 후 미국에서 성공하기 위해서는
학교에 다니며 배워야 한다는 것을 알게 되었다
그래서 어렵게 마음의 결정을 내렸다
'기초를 다지기 위해 시간이 필요해, 우리 아들 유빈을
한국의 향기 언니 집에 양육을 부탁해야겠어.'라고
생각을 하게 되었고 실행에 옮겼다.

폴의 한국에서 유년 시절

폴이 세 살이 되었을 때였다
폴의 양육을 위해 한국에 있는 향기 언니에게
부탁하러 아이를 데리고 갔다
정이 많고 선량한 향기 언니는
나의 형편을 충분히 이해했다

향기 언니는 우리 폴을 초등학교
입학 전까지 키워주기로 허락했다
얼마나 감사하고 고마웠는지
향기 언니가 내게는 천군만마千軍萬馬 같았다

이제 폴은 두 명의 누나와 형이 생겼고
가족이라는 든든한 울타리를 경험할 수 있었다
게다가 가족의 사랑도 받으며 자랄 수 있었다
폴을 두고 혼자서 미국으로 돌아가는 발걸음은
너무도 무거워 바윗덩어리로 걷는 것 같았다
하지만 언니가 누구보다 폴을 잘 키워줄 것을 알기에
그것으로 위안 삼으며 마음을 다독일 수 있었다

나는 속으로 '이모와 누나 형아야 말 잘 듣는 착한 아이가
되어야 한다, 하나님이 지켜주실 거야.' 기도하며

아픈 이별 인사를 대신하고 떠나왔다

폴과 헤어져 로스앤젤레스로 돌아왔다
그다음 날부터 나는 계획했던 일정들을
한 가지 한 가지씩 착오 없이 진행해 갔다
우선 식당에서 계속 일하면서 시간이 허락하는 대로
영어와 부동산 공부를 했다

그리고 입금표를 만들어놓고 은행에 넣는 돈을
일전까지 꼼꼼히 기록하며 돈을 모아갔다
일과 공부 그리고 돈을 모으기 위해 내 삶의
질은 극빈자와 다를 바가 없었다

식사는 모두 일하는 식당에서 해결했고
집에서는 라면으로 때우며
주경야독晝耕夜讀의 치열한 삶을 살았다
내가 폴과 함께 안정적으로 살기 위해
앞만 보고 달려갈 수밖에 없었다
날마다 내가 나를 다독이면서 성공의 길로
나를 쉼 없이 만들어 갔다

한편, 한국에서 지내는
아들 폴의 소식도 간간이 들었다
폴은 나를 닮아서인지
호기심이 많고 모험심도 강했다
아들은 호기심과 모험심에다
도전하는 열성 때문에 죽을 뻔한
위기도 여러 번 넘기게 되었다
그때마다 향기 언니는 놀란 가슴을 쓸어내려야 했다
아들 폴이 네 살 때였다
세발자전거를 아주 좋아했던 폴이 어느 날 친구들과
자전거로 경주하다가 차도로 뛰어들었다
달리는 차에 치일 뻔한 일이 있었다
화가 머리끝까지 났던 운전자는
향기 언니 집까지 찾아와
고래고래 소리를 지르고 갔다고 했다

"도대체 어떤 엄마가 어린애를
차도에서 돌아다니게 놔두는 거요?"
난데없이 웬 사람이 찾아와 큰 소리를 지르니
향기 언니가 순간 얼마나 무안하고 황당했을까?
달리는 차와 겁도 없이 세발자전거로 경주를 했던

폴이 큰 사고라도 났다면 어찌 되었을지
그런 소식을 전해 들으면서 나는 너무 놀랍고
우리 언니에게 미안해서 어쩔 줄을 몰랐다
그렇다고 폴을 데려올 수 있는 처지도 아니었다
부동산 공부를 해서 라이센스도 받아야 했기에
그저 언니에게 고맙고 미안하다는 말밖에 할 수 없었다

한 해가 지나고 폴이 다섯 살이 되었을 때
남자아이라 그런지
액션에 많은 관심을 보이기 시작했다
특히 브루스 리가 나오는 영화를 보면서
배우들의 동작을 보고 따라 하는 것을 좋아했다
어느 날 우산을 들고 문을 나서는 폴을 본 언니가

"비도 안 오는데 우산으로 뭐 하려고 하니?" 물었더니
폴은 태연하게 대답하길
"우산 펴서 타고 지붕에서 뛰어내릴 거예요."
그 순간 너무 놀란 언니는 집 안에 있는
우산과 양산은 모두 숨겼다고 했다

"동생 아들은 도대체 무슨 호기심이 그렇게 많아."

놀란 가슴으로 말하는 언니가 긴 한숨을 쉬었다
그 사건을 계기로 우산을 숨겼기 때문에
향기 언니는 괜찮을 거라 안도했다
그런데 폴의 모험심은 그쯤에서 멈추지 않았다

언니가 사는 빌라 건물 옥상에서
슈퍼맨처럼 날고 싶어서 큰 목욕 수건을
날개로 삼아 단단히 묶고 뛰어내렸다
옆에 있었던 폴의 친구들은 겁에 질려 곧장 달려와
"폴이 옥상에서 뛰어내려 떨어져 죽었다."라고 했다
언니는 그 소리에 사색이 되어 달려갔다
폴은 사지가 십자가로 펴진 채로
배를 바닥에 깔고 기척도 없이 누워있었다

급한 마음에 구급차를 못 기다리고
언니가 당시 모셨던 친정아버지
폴의 외할아버지를 불러
할아버지가 손주를 엎고
병원으로 한걸음에 달리셨다
폴을 진료한 의사는 골절이
전혀 없음에 깜짝 놀라며

"기적입니다."라고 했단다

언니와 나는 정말 기적이었음을 믿는다
하나님께 폴을 모든 위험으로부터 지켜달라고
간절히 기도했기 때문이라고 믿었다
나는 기도의 힘을 그분의 은혜라고 생각했다

폴이 여섯 살 때도 한 차례
죽을 고비를 넘기는 일이 있었다
강가에서 놀다가 친구들이랑 신발을 벗어
물고기를 잡으려는 순간 손에 있던 신발을 놓쳤다
이모에게 혼날까 봐 떠내려가는 신발을 잡으려다
흐르는 물살에 휩쓸려 떠내려간 것이다

마침 근처에서 낚시하던 어른이 떠내려가는
폴을 보고 강에 뛰어 들어가 구했다는 것이다
폴은 천만다행으로 생명을 구할 수 있었다
언니는 폴이 친구들과
강가에서만 놀기로 해서 보냈다고 했다
폴이 이모와의 약속을 지키지 않아
익사할 뻔한 것에 언니는 크게 화가 나 있었다

향기 언니는 완전히 지쳐서 이젠 폴을 데려갔으면 했다

그 일이 있고 3개월이 지난 1980년
꿈에도 그리운 아들 폴을 미국으로 데려왔다
코리아타운에 방이 두 개 있는 우리 아파트
내 보금자리로 아들은 돌아올 수 있었다.

폴과 떨어져 사는 동안 하루하루 최선을 다한 결과
어엿한 부동산 중개인으로 다섯 세대가 사는
아파트 건물을 소유할 수 있었다
한국에 있는 약간의 부동산을 팔고
은행대출금과 열심히 일해서 모은 돈으로 미국 이민 후
첫 번째 건물을 소유할 수 있게 되어 너무나 기뻤다
이렇게 첫 소산물을 가질 수 있었던 것은
향기 언니의 도움과 하나님의 축복이 있었기 때문이다
향기 언니라고 부르면 품격 있는 언니의 그윽한 냄새
향기가 내 온몸으로 퍼지는 언니를 느끼게 된다

폴의 미국에서 유년 시절

폴은 언니 집에서 가족의 사랑을 받으며
아주 명랑하고 건강하게 잘 자라주었다
엄마에게는 착한 아들로 신앙에 대해서도
순수한 마음을 가지고 잘 따라주었다

폴이 7살 때 미국 초등학교인 브렌트우드의
켄터 캐년Brentwood, Kenter Canyon에 입학했다
이 학교는 한인은 별로 없고 백인 학생의 비율이
80%가 넘는 주로 백인 학생들이 많은 학교였다
유색인이었던 폴 역시 학교생활 중 피해 갈 수 없는
여러 가지 어려움이 따랐다
폴이 2학년이 되었을 때였다
폴의 외모와 마음이 성숙해 가면서
'나는 왜 푸른 눈에 금발 머리가 아닌지' 궁금해했다
그리고 폴 자신도
푸른 눈에 블론드 헤어를 갖고 싶어 했다
어느 날 미국 아이들의 놀림 때문에
울면서 귀가한 폴을 보며 이렇게 위로했다

"폴, 네가 상처받아서 엄마가 몹시 속상하다
엄마 말 들어 봐 블루, 블론드, 화이트
모두 예쁜 색이지?

그런데 브라운, 블랙, 옐로우도 똑같이 예쁜 색이란다
하나님은 우리를 사랑하셔서 모두 아름답게 만드셨단다
그러니까 외모에 대해 불평해서는 안 되는 거야."
폴은 엄마의 말을 잘 이해하는 것 같았다

다음 날 모든 문제가 해결된 듯
폴은 가벼운 마음으로 등교했다
그러나 이것으로 상황이 종료가 된 것이 아니었다

어느 날은 울면서 반항을 했다
"엄마는 내가 여자애가 아닌데
왜 타이츠를 입혀서 학교에 보냈어?"
"왜? 한국과 일본에서는 남자 여자 구별 않고
어릴 때는 타이츠를 입는단다."
"여기는 미국이잖아."
"엄마가 미국문화를 잘 몰라서 미안해, 정말 미안하다."
"미국 애들이 나 보고 여자아이라고 놀렸어."
"그랬구나, 바보 엄마 때문에 우리 유빈이가
놀림을 받았구나."
나는 폴을 꼭 껴안아 줬다

폴은 학교 다니는 내내 놀림과 차별을 감수해야 했다

폴이 5학년이 되었을 때 내가 학부모 미팅 참석차
학교에 갔다가 우연히 복도에서 폴과 백인 아이
두 명의 이야기를 목격하게 되었다
"너희 나라로 돌아가란 말이야,
가재 눈, 너구리 코, 노란 얼굴
너희 나라에 가면 너처럼 생긴 사람들 많을 거 아냐."
순간 차별과 언어폭력의 현장을
목격하고 나는 적잖은 충격을 받았다
그날 저녁 낮에 있었던 이야기를 꺼내며
폴의 반응을 살폈다
그런데 돌아오는 폴의 답변이
얼마나 내 마음을 감동시켰는지 모른다

"나도 그렇게 당하는 건 싫어요
엄마 하지만 우린 이민자잖아요
이민자들의 삶은
지혜와 용기와 인내를 필요로 하는 거래요."
라며 긴 인생을 살아온 지혜자 같은 답변을 했다
"어디서 그런 걸 배웠니, 폴?"
"교회 목사님 설교에서 들었고 또
성경이 가르쳐 준 말씀 중의 하나예요."
또렷하게 답하는 폴을 보고 얼마나 대견했는지

하나님의 말씀이 폴의 마음에 차곡차곡 심어져
조금씩 신앙인으로 성숙해 가는
우리 아들 폴을 보면서 깊은 감사를 드렸다

언제나 이민자의 신분으로 백인들의 눈에
보이지 않는 존재로 그들을 위해 봉사하면서도
근근이 어렵게 살아가던 내 모습들을
한탄했던 나 자신을 돌아보았다
'남의 나라에 와서 사는 우리가 인내해야 될 몫이구나.'
그날 기도로 하루를 마무리하며 우리 폴을
괴롭힌 백인 학생들을 용서할 수 있었다

그날 이후 폴이 모든 이민자의 훌륭한
롤모델이 되도록 키워야겠다는 내밀한 꿈을 꾸며
반드시 꿈을 이루리라는 마음을 다짐까지 했다
나의 이 간절한 열망이 종국에는 얼마나 큰 비극으로
치닫게 되리라는 것을 그때 나는 예감하지 못했다
가끔은 다가올 내일 일을 알 수 있으면
좋겠다는 생각이 들 때도 있다

배려심 많은 아이로 성장하는 폴

평소 폴에게 한국인임을 자랑스럽게 여기라고 말했다
동시에 아들에게 미국문화와 가치관을
심어주는 것도 가벼이 여기지 않았다
그래서 미국 생활이 조금은 익숙해졌을 때
미국의 전통 명절인 추수감사절에
처음으로 칠면조 구이에 도전해 보기로 했다
아침부터 부지런히 서둘러 칠면조 요리를 준비했다

처음에는 잘 익는다고 생각했다
칠면조를 너무 얇은 팬에 넣고 굽는 바람에
칠면조의 육즙이 넘쳐 오븐에서 타기 시작했다
부엌은 점차 연기로 덮이기 시작했고
미국식 엄마 노릇을 못해 혼자 속상해했다
그때 폴이 요리가 다 됐느냐고 물었다
나는 잘 안됐다고 했다
폴은 타버린 칠면조를 보더니
괜찮아 보인다며 먹겠다고 했다
마음이 내키는 것은 아니었지만
접시에 냄새나는 칠면조 몇 조각을 잘라서 주었다

내 접시를 들고 식탁으로 가서 보니

폴이 왼손으로 코를 쥐고 오른손으로
음식을 입에 쑤셔 넣듯이 먹고 있었다
왜 그렇게 먹느냐고 물었더니
"터키에 불 난 거 같아."라고 했다
음식이 탔으니 억지로 먹지 않아도 된다고
미안하다고 사과했는데 이 말을 듣고
폴은 기상천외한 답으로 나를 놀라게 했다

"하지만 엄마가 나 때문에 일찍
일어나서 아침 내내 요리했잖아요."
아들의 배려 담긴 위로가 얼마나 고마웠던지
감격해서 울 뻔했던 추수감사절이었다
엄마를 무안하지 않게 하려고
탄내 나는 칠면조 요리를 억지로 먹던
착한 폴의 모습과 배려는 해마다 추석이면
내 가슴을 따뜻하게 했고 그리움을 준다
나는 일하는 것에만 신경을 썼지
아들에게 제대로 된 음식을 챙겨주지 못했다

폴이 초등학교를 졸업하고
이어 링컨 중학교에 입학했다

학년이 올라가고 학교가 바뀌어도
인종차별과 언어폭력이 계속
폴에게는 예민한 문제로 남아있었다
방과 후 집에 온 폴이 오른팔 사용이 어색해 보였다
나는 아들이 아픔을 참고 있다는 느낌을 받았다
다쳤는지 물으니 그냥 넘어진 거라고
대수롭지 않게 말을 했다
병원을 안 가겠다는 폴을 설득해서 데리고 병원에 갔다
결국 한 달 정도 깁스해야 한다는 진단 결과를 받았다
오른팔을 다쳐 학교 공부를 못할까
걱정하는 내게 친구들이 도와줄 거라며
걱정하는 엄마를 오히려 안심시켰다
학교에서 돌아온 폴은 온갖 색깔의
사인이 적혀진 깁스한 팔을 들어 보이면서
싱글벙글 신나해 하는 표정이었다

이 일을 잊고 있었는데 학교 교장으로부터
전화가 와서 사건의 경위를 직접 듣게 되었다
한 백인 학생이 폴의 눈을 보고
길게 찢어진 차이니스 눈이라고
놀린 것이 사건의 발단이었다

폴은 이런 놀림에 참을 수 없었고
덤벼들어 싸움이 됐다는 것이다
학교에서 두 사람 모두 불러서 얘기했고
둘이 악수도 했다면서 교장은 죄송하다며
사과하는 것으로 일은 마무리되었다

이 일련의 과정을 폴에게 말했을 때
엄마가 걱정할 것 같아 거짓말을 했다고 했다
엄마를 염려하는 폴이 한편으로는 고맙고
마음이 안쓰러웠지만 어느새 폴은
엄마를 보호해야 하는 대상으로 인식하며
의젓한 청년으로 커 가고 있었다

거리의 홈리스와 크리스천의 의무

1987년 크리스마스이브 저녁 여느 때처럼
폴을 데리고 연말 파티에 참석할 예정이었다
출발 시간이 임박해서야 돌아온 폴은 오늘은
자기가 일정이 있어 함께 갈 수 없다고 했다
아들의 생각도 존중해야 했고
나도 곧 출발 시간이라 이따
다시 만날 것을 약속하고 집을 나섰다

파티가 끝나고 집에 돌아와 보니 자정이
지났는데도 여전히 폴의 모습이 보이지 않았다
기도하며 기다리고 있는데 폴이 도착했다
마치 아무 일도 없었다는 듯
"파티는 즐거웠어?"라며 인사를 건넸다
걱정으로 화가 났지만 마음을 내려놓고 이 시간까지
무얼 했는지 물었더니 아이는 쑥스럽게 말했다

"사실은 노숙인을 위한 크리스마스 선물을
사서 전해 주느라 램퍼트 경찰서에 갔었어."
라며 담요 50장과 라면 50상자를 준비해 친구들의
도움을 받아 그걸 나르느라고 시간이 걸렸다고 했다
폴은 피곤한 기색도 없이 즐거운 듯이 말했다

구매비용은 매주 용돈과 점심값을 모두 모았다고 했다
말을 듣고 나니 안심도 되고 자랑스럽기도 했다
마약이나 알코올에 중독된 노숙자가 있기 때문에
직접 대하는 것이 위험하게 느껴져 걱정이 앞섰다
엄마에게 도움을 요청하지 않은 이유를 물으니
성경을 찾아서 내게 펼쳐 보이며 말했다

'사람에게 보이려고 그들 앞에서 너의 의를 행치
않도록 주의하라 그렇지 아니하면 하늘에 계신 너의
아버지께 상을 얻지 못하느니라.' (마태복음 6장 1절)
폴은 얼마 전 크리스천의 의무에 관해 물었는데
엄마가 해준 말을 흘려듣지 않고 실천했다는 것이다

"크리스천의 의무는 말이 아니라 행동으로
하는 것이라고 엄마가 말해 준 것 생각 안 나?
나는 노숙자들을 위해 뭔가를 하고 싶었어,
근데 그런 사실을 사람들에게 알리고 싶지는 않았어."

폴은 성경에 있는 대로 했을 뿐이라고 했다
평소 폴은 길에서 노숙자를 볼 때마다
음료수 값을 주고 기도해주긴 했지만

이렇게 큰돈을 모아 홈리스들을
생각해서 선행을 할 줄은 몰랐다
성경 말씀대로 실천하며 이웃을 사랑하는
폴의 선행이 대견하면서도
불안한 마음이 왜 드는지 알 수 없었다

다운타운의 산타클로스

1988년 12월 13일 아침 LA에서 발행되는
한국 신문인 중앙일보에 폴의 기사가 나와
지인들의 축하 전화가 이어졌다
기사에는 다음과 같은 제목으로
폴의 선행과 인터뷰를 담고 있었다

＊＊＊＊＊＊＊＊＊＊＊＊＊＊＊＊＊＊＊＊＊＊＊＊＊

〈선물의 계절 : 용돈을 모아 다운타운
　노숙자들에게 음식을 전달하는 학생〉

크로스로드스 고교 10학년인 폴 리 군은 크리스마스
선물을 위해 연중 계획을 세우는 많은 사람 중 하나다
그러나 폴이 사는 선물은 언제나 똑같다
노숙자를 위한 인스턴트 라면이 그것이다
산타모니카에 사는 이 틴에이저는 지난 2년 동안
아르바이트한 돈과 용돈을 모아서
램파트 경찰서가 연례적으로
벌이는 크리스마스 선물 행사에 내놓을 라면을 구입했다
폴은 한 달에 100불어치 정도의 라면을 슈퍼마켓에서
사다가 자기 집 차고에 쌓아두고 있다
올해 그가 경찰서에 전달한 라면은 100상자나 된다.

폴은 이 일에 대해 말하기를 별로 좋아하지 않는다
친구들이 물어보면 이야기하지만
보통 때는 일절 말하지 않았다
폴은 엄마로부터 이 아이디어를 얻었다고 말했다
처음 미국에 이민 왔을 때 두 사람은
너무 가난했고 갈 곳조차 없었다고 한다
하나님의 은혜와 행운이 따르지 않았다면
그들 자신이 노숙자가 될 수도 있었다는 것이다
폴의 엄마가 노숙자를 위해 물건을 모으고
전달하는 생각을 아들에게 말한 것도 그래서이다
2년 전 폴은 자기 저금을 모두 사용해
노숙자들을 위한 담요를 사기도 했다
그는 인류애를 구현하는 좋은
모범이며 미주 한인 커뮤니티의 꽃이다

"지금은 자기들만 걱정하는 이기적인 시대죠
나는 우리 아들이 그렇게 자라기를 원치 않습니다
그보다 훌륭한 삶이 있음을 알 필요가 있어요."
산타모니카에서 부동산 중개업을 하는
리사리 씨는 이렇게 덧붙였다
"이웃과 커뮤니티를 위해 함께 나누는

삶이 더 보람 있고 소중하니까요."
그녀는 16세의 아들 폴이 UCLA로 진학해
컴퓨터 사이언스를 전공하길 원하고 있다
폴은 롤러스케이팅, 스케이트보드, 농구, 테니스, 스키,
카약 등 모든 종류의 스포츠를 즐기는 소년이다

* *

기사를 보고 폴은 대수롭지 않게 생각했다
오히려 인터뷰하고 알려지는 것을 쑥스러워했다
선행은 1989년 12월에도 중앙일보에 기사가 났었다

한인 십 대 소년 폴 리 군은 3년 동안이나 남모르게
노숙자들을 위해 칭찬받을 만한 선행을 해왔다
그는 자신이 하는 일을 사람들에게 알리지 않았지만
좋은 소식은 이미 한인 커뮤니티뿐 아니라
백인과 흑인 커뮤니티에도 다 알려졌다

폴은 크로스로드스 학교에서 청소하거나
로컬 교회에서도 봉사로 남을 도와왔다
그의 결단력과 동기부여는 우리 사회를 한층 더 밝게
만들어주고 다른 청소년들에게 롤 모델이 되기도 했다
바로 지난 크리스마스 시즌에 램파트 경찰서의

조지 아비주 경위는 밴을 몰고 폴의 집 차고로 갔다

"경관님, 노숙자와 굶는 사람들을
위해 컵라면 120상자를 샀습니다."
폴의 섬세한 마음과 겸손한 태도를 보고 여러 명의
경찰이 감동하고 폴에게 칭찬을 아끼지 않았다
"너는 훌륭한 코리안 아메리칸 청소년의 모범이구나
경찰인 우리도 너한테서 배울 것이 많다."
아비주 경위가 말했다
"전 한 게 아무것도 없어요
제가 아니라 기독교 신앙이 한 겁니다."
너무 겸손하고 착한 폴을 보고
경찰들이 칭찬에 칭찬을 아끼지 않았다
아비주 경위는 폴을 포옹했고
여경 린다 카데나스는 그의 뺨에 키스를 보냈다

그리고 1990년 12월 5일 자 LA. 중앙일보에도
〈다운타운의 소년 산타클로스〉로 기사가 이어졌다
폴은 다른 사람을 돕는 것을 기쁨으로 알기에
엄마인 내가 돕는 방법을 제안해도 단번에 거절했다
폴은 스스로 계획하고 행동해서

선행하는 방법을 선택했다
폴은 그렇게 독립적으로 생각하고 행동하는
시간이 많아졌고 엄마와 함께하는 시간이 다소
줄어들었지만 잘 성장해 가는 모습이 참으로 대견했다
기사가 나오고 며칠 뒤 아비주 경위에게서 집 전화번호를
받았다며 어떤 노숙인이 집으로 전화했다
"추운 날 따뜻한 수프를 먹게 해줘서 고맙다."
감사 인사를 했는데 폴은 무척 감동했고 행복해했다

"엄마, 나는 앞으로도 이런 일을 계속하고 싶어."
폴은 나눔의 보람과 기쁨을 알게 되었다
폴의 선행은 생전 5년에서 6년 동안 이어졌다

200불, 79년형 세비가 폴의 인생 첫 차

미국에서는 16세가 되면 차를 운전할 수 있다
폴은 운전면허증을 취득하고
자기 차가 생기길 기다리고 있었다
차가 있으면 연말에 차로 노숙자를 위한
담요나 라면박스를 수월하게 옮길 수 있다
도서관 갈 때나 아르바이트 갈 때도 편리했기
때문에 16세 생일을 손꼽아 기다리고 있었다

폴이 기다리던 16세가 되었다
생일이 되자 엄마에게 열여섯 번의 키스를 받고
간절히 원하던 차를 혼자 운전하며 즐거움을 만끽했다
폴의 친구들은 새 차를 가지고 등교했지만
폴에게는 자동차 정비사에게 200불을 주고
구입한 79년형 세비를 사 주었다
폴은 웨스트 LA의 사립 명문 크로스로드
중고등학교에 보내는 엄마가 굳이
낡은 중고차를 사 주는 것이 이해되지 않았지만
자기 차가 생긴 것에 만족하며 잘 타고 다녔다

가끔 차가 주행하다 서면 견인도 받아야 하는 등
말썽을 좀 부리곤 했지만 폴은 차를 수리하면서

탈 수 있는 정비 기술도 자동으로 터득하게 되었다
사실 폴이 젊은 아이들이 기분을 낸다며 새 차로
속도를 내거나 그것으로 인한 사고를 미연에
방지하고 싶었던 엄마로서의 다른 뜻이 있었다
폴이 대학 가면 근사한 차를 선물할 계획이었고
따로 구입비용을 준비하고 있었다
모든 것은 나의 의도와 전혀 다른 방향으로 흘러갔다

폴은 고등학교에 진학해서도 공부와 아르바이트를
겸하여 연말 노숙자들의 선물을 준비하고 있었다
늦은 밤까지 하지 않기로 했던 폴의 귀가 시간은
조금씩 늦어지고 몸이 많이 지쳐서
귀가하곤 해서 내 속을 태우고 있었다

어느 날 제니라는 여학생이
폴과 통화하길 원한다며 전화했다
폴에게 제니의 메시지를 전해도 별 반응이 없었다
제니는 폴과 통화가 될 때까지
계속 전화를 걸어왔다
매번 '전화 부탁한다.'라는 같은 말만 앵무새처럼 남겼다
이유를 물어도 제니는 말을 하지 않았다

무슨 일이 있었는지 전혀 알 수가 없었다
게다가 폴은 학교 공부나 시험에
집중할 수 없을 만큼 일을 계속하고 있었다
무슨 일인지 폴에게 듣기까지
내 속은 까맣게 타들어 갔다

폴은 자기가 알아서 한다고 하면서
시간이 계속 지체되고 있었다
더 이상 이 사태를 관망할
내 인내심은 바닥이 났다
결국 말하려 하지 않는 폴을 포기하고
폴의 친한 친구 체스트를 찾아가 듣게 되었다

사건의 발단은 집에 전화했던 제니가 빨간불에 섰는데
폴의 차 브레이크가 말을 듣지 않아
제니의 바퀴 덮개를 범퍼와 충돌했다는 것이다
그리고 보험료 할증을 고려해 수리비를
현금으로 750불을 주기로 했다고 했다
폴에게 그런 큰돈이 없어 아르바이트해서 주려 했는데
지금 그 금액이 거의 다 준비되고 있다고 했다
나는 똥차를 사 준 엄마의 잘못이라고

폴에게 사과하고 그 비용을 갚아주려 했다

"엄마 잘못이 아니라 제 잘못인데 빨리
브레이크를 고쳤어야 했는데,
내가 부주의해서 그랬어."
폴의 자립심과 강직함에 놀라며,
폴의 행동에 깊이 감동했다
폴! 정말 대견하고 자랑스럽다
아들이 생각 이상으로 잘 커 가고 있음에 나는 감격했다

고교 졸업반 폴의 꿈은 홈리스를 위한 의사

1991년 폴이 열일곱 살이 되었을 때였다
고교 졸업반으로 올라가기 전이라 대학 진학과
미래의 직업에 관해 대화를 나누었다
폴은 힘없고 돈 없고 가족 없는 사람들을 위한 일
특히 수천 명의 다운타운 노숙자들이
가진 질병을 치료하고 싶어했다
그런 꿈을 가진 아들에게
목표 달성이 된 의사가 꼭 되도록 격려해 주었다
폴은 앨버트 슈바이처 박사처럼
훌륭한 사람이 될 거라고 했다
폴도 기대에 부응하겠다는 마음으로

"그분이 남긴 인류애의 업적만큼 나도
그렇게 하겠다고 엄마에게 약속할게."
폴은 자신에게 성실하며
신앙인으로의 삶을 실천해 가고 있었다
폴은 미래의 꿈도 성경에서 찾아가고 있었다

'대답하여 이르되 네 마음을 다하고 목숨을 다하며
뜻을 다하여 주 너의 하나님을 사랑하고 또한
네 이웃을 너 자신같이 사랑하라 하였나이다.'(누가복음 10

대화를 통해 알게 된 아들의 선한 꿈을 이룰 수 있도록
엄마의 기도가 중요한 일임을 깨달았다
그리고 이웃을 진정으로 사랑하고
실천하려 하는 아들을 주심에 하나님께 감사드렸다

폴과 스키여행,
맘모스 마운틴 헤븐리 리조트

1991년 크리스마스 한 주 전에 떠난
맘모스 스키장 스키여행의 첫날이었다
나는 일출과 함께 하얗게 펼쳐진 눈밭을
보면서 장엄한 아름다움에 매혹되었다
잠시 풍경을 뒤로하고 아침을 위해
준비해 간 찻주전자와 라면을 꺼냈다
우리는 둘 다 아낄 건 아끼자는 주의였다
물이 끓는 동안 읽고 있던
책을 마저 읽으려고 하는데 폴이 책 읽지 말고
스키 강사한테 강습 받아보라 권했다

"위험해서 안 배울래."
"조금만 배우면 할 수 있어,
엄마가 할 수 있다는 걸 난 알아."
어느새 훌쩍 커버린 아들
이제는 엄마에게 부드러운 권유와 용기를 가지고
도전하게 하는 말도 할 수 있는 멋진 청년이 되었다
가파른 계곡을 하강할 자신은 없었지만
장비를 모두 갖추고 폴의 말대로 도전해 보기로 했다
스키 강사의 강습을 받고 처음에는
넘어지기도 했지만 30분을 지나니

익숙해지면서 자신감마저 가지게 되었다
자신감을 넘어 나의 작은 승리를 마음껏 즐겼다
'하려 하는 열망과 인내가 있으면 무엇이든 할 수 있다.'
는 것을 또 다른 체험으로 알게 된 날이기도 했다

어느덧 즐겁게 타게 되니 피곤한 줄도 모르고
계속 타다가 폴이 그만하지 않으면 몸이
아플 거라 설득해서 겨우 멈출 수 있었다
아이들처럼 재미있는 스키 놀이에
해지는지도 모르게 놀았다
폴이 아니었으면 몇 시간이고
계속 스키를 타고 있을지도 모른다
겁 없이 지칠 줄 모르고 타는 내게
"산에는 숨은 위험이 많아, 엄마 제발 조심해."
사랑스러운 폴의 잔소리를 들어야 했다
누가 아들이고 누가 엄마인지
어딜 가든 엄마의 안전과 안위를 늘
아들은 염려하고 걱정했다

든든한 어린 보호자

폴이 고교 졸업반이던
어느 날 아침부터 비가 내렸다
내리는 비가 반갑지 않았던지
폴의 반응은 투덜이가 되었다
많은 양의 비가 내려 지붕이 새면
여러 가지 번거로운 일들이 생겼다
폴은 엄마가 고생할 일이 염려되어
예민하게 반응할 수밖에 없었다

나는 2개의 아파트 건물을 소유하면서
세입자를 들이고 건물을 관리하고 있었다
얼마 전 지붕 공사를 했는데도 많은 양의 비는
수리를 해도 좀처럼 나아지지 않았다
결국 지붕을 새로 해야 하는 상황이라
만만한 공사가 아니었다

폴은 아파트 세입자들의 불평부터 배수관 수리
임대료 체납, 정전, 페인팅 등
많은 문제를 함께 해주었다
내리는 비를 걱정하는 폴에게
걱정하지 말라며 학교에 보내고

나는 내 일정들을 보내고 있었다

오후가 되고 어두움이 깔리면서
시간이 지날수록 비의 양은 점점 많아졌다
그때, 산타모니카 5호에 사는
에스더 할머니에게서 전화가 왔다
천정이 새고 침실이 완전히 젖었다고
다급한 목소리로 와주길 바랬다
가보니 실제로 천정에서 비가 새는데 바로
침대 위로 떨어져 할머니는 그릇들을
동원해 떨어지는 빗물을 받고 있었다

'아파트 4호에 사는 백인이 동양인 주인인
나를 내쫓길 바라서 번번이 지붕을
칼로 찢어놓거나 보온 물통의 파이롯 불을
꺼서 다음 날 아침에 찬물이 쏟아지게 했다.'

나는 에스더에게 우선 비가 새는 것에
미안하다는 사과와 함께 큰 타월을
모두 가져다 아파트 바닥의 물기를 제거해 갔다
그것도 임시방편에 불가했고 계속

내리는 비가 감당이 안 되었다
결국 지붕 위로 올라가서 위를 살펴야 했고
아르바이트하는 폴에게 전화해 도움을 요청했다
갑자기 일하던 곳을 비워두고 가기는 쉽지 않다고 했다
비가 내리고 캄캄한 지붕 위로 혼자 올라가는
엄마를 위해 폴은 어떻게 해야 하는지 조언했다

"엄마, 좋은 아이디어가 있어,
내 말대로 하면 될 거야 우선 플래시라이트를
줄에 묶어서 목에 매달고 왼손에 우산을 받치고
오른손으로는 지붕 표면을 점검할 작은 갈퀴를 쥐고
그렇게 할 수 있어?"

나는 고맙다고 하고 플래시라이트를 찾았지만
오래 사용하지 않아 전원이 작동되지 않았다
급히 건전지를 구입해서 교체하고 폴이 일러준 대로
준비해서 빗속을 조심하며 지붕으로 올라갔다
지붕에 오를 때 방수제까지 챙겨야 했기에
그 무게가 평소보다 10배는 무겁게 느껴졌다
랜턴을 비추어 에스더 할머니 방위의 자리에
갈라진 틈을 다행히 찾을 수 있었다

갈라진 틈을 긁어내고 꼼꼼히 방수제를
바르고 있는데 내 든든한 폴이 늦어서
미안하다는 말을 건네며 나타났다

폴이 일하는 곳의 사장에게 사정을 이야기하니
엄마를 도와드리라고 했다면서
나를 돕기 위해 한걸음에 달려온 것이다
절실히 도움이 필요했던 시간에 폴이 와 주었다
일전에 지붕 공사할 때 어깨너머로 봐 두었다며
폴은 자신감 있게 틈이 난 곳을 잘 땜질해 주었다
폴은 장대비가 쏟아지는 가운데도 빠르고 정확하게
틈을 메워가며 능숙하게 일을 끝냈다
우산을 받치고 있는 내게

"엄마, 내가 대학을 졸업하면 이 아파트
임대사업은 제발 하지 마, 알았어?"
당부의 말을 하곤 엄마는 여행이나 다니며
편하고 데이트도 하면서 멋지게 살라고 했다
장대비 오는 날 지붕 위에서 모자간의 대화 속에는
가족의 사랑이 모락모락 피어났다
내 얼굴엔 폴을 향한 함박웃음이 가득했다

‘눈에 넣어도 아프지 않을 폴 정말 고맙다,
사랑하는 우리 아들 엄마가 많이 많이 사랑해
너는 행복한 가정을 꾸려갈
멋진 남편 좋은 아빠가 될 거야.’

험한 세입자들, 험한 여정

1992년 4월 29일부터 5월 4일까지
LA에서 한인타운을 휩쓴 큰 폭동이 일어났다
이 사건은 한인들이 많이 거주하는
코리아타운이 폭력에 직접적으로 노출되어
한인사회가 상당한 피해를 보았던 사건이다
전체 폭동 관련 재산 피해가
약 10억 불 1조 원으로 추정되었다
최종적으로 한인사회의 피해가 3억 5천 불 정도가
있었던 경제적 심리적으로 매우 큰 사건이었다
LA 폭동의 영향으로 한인과 흑인 사이에
아직도 예민한 감정의 문제가 남아있다

폭동 후 부동산 경기가 침체하여
리스팅Listing을 얻기가 힘들었고 매매도 없었다
위험과 불안이 가중되어 세입자들도 떠나갔다
그나마 남은 세입자들은 부도수표를 내거나
설상가상으로 온갖 명목을 만들어
거짓말을 하고 수리비로 돈을 받아 갔다
수리가 되었는지 실상을 파악하기 힘들고
번번이 확인하는 것은 쉬운 일이 아니었다

5월 어느 날 50대 중반의 멕시코인
세입자가 변기가 역류한다고 전화했다
그는 실업자로 집에서 술을 마시면서
생활보조금으로 살아가는 사람이었다
그의 말을 믿고 그의 집으로 갔다
화장실은 보여주지 않고 계속 수리공만 요청했다
수리공을 부르기엔 너무 늦은 저녁이었는데
자기에게 돈을 주면 자기 친구가
수리할 수 있다며 100불을 요구했다
그리고 다음 날 수리가 다 됐다고
전화로 나에게 확인의 말까지 해주었다
그 건은 잘 처리했다고 생각했는데 두 주가 지나자
똑같은 문제를 제기하며 술 취한 목소리로 집에
수리비를 가지러 오겠다며 몹시 무례한 태도를 보였다

그 멕시코인 세입자의 제안을 거절했지만
그가 어떤 행동을 할지 불안한 마음은 떨칠 수가 없었다
마침 귀가한 폴에게 이 문제에 관해 이야기했더니
다행히 폴이 동행해 주기로 했다
나는 폴과 함께 가니 안심은 되었지만
불편한 일이 생기지 않길 바랐다

폴에게 어떤 경우에도 싸우지 말 것을 당부했다

우리가 LA 아파트에 도착했을 때
술병과 치즈 조각을 손에 들고 복도에 서 있던
그는 고쳐야 될 곳을 보여주지 않았다
아파트에 냄새가 심하다며 들어가지 못한다 했다
"고장 난 곳을 보여주지 않으면 못 고쳐요."
"내게도 세입자의 권리가 있는데
나는 당신을 내 아파트에 들이기 싫소."
그는 우리의 출입을 거부했다

나는 화장실 상태를 알아야 수리할 수 있다고 설득했다
그는 변기 상태를 한 번 더 보고 오겠다며
욕실로 들어가더니 잠시 후 거친 숨을 쉬며 나왔다
지난번에 자기 손으로 타월을 변기 속에 깊이
쑤셔 넣고 고장을 과장하더니 이번에도 이상했다
그리곤 수리비로 또 100불을 요구했다
지난번 사건이 생각나서

"나에게 거짓말하는 거 아닌가요?"
물었는데 비수 같은 대답이 날아왔다

"암캐 같은 년 말조심해 나를 모욕한 죄로
소비자 보호국에 신고할 거야."
폴이 진정하라고 말했지만 그 남자는
"넌 암캐의 자식이야!"
폴은 이런 말까지 듣고는 더 이상 참을 수 없었다
"당신 지금 나한테 개자식이라고 했어?"
"입 닥쳐, 망할 놈의 개새끼."
그는 분풀이라도 하듯 폴의 오른뺨을 사정없이 후려쳤다
"헤이 뚱보, 내 왼뺨도 치고 싶어?"
폴은 왼뺨을 들이대면서 이 상황을 제압하기 시작했다
태권도 유단자였던 폴은 단숨에 그를 거꾸러뜨렸다
복도의 구경꾼들 사이로 신고를 받고 출동한 경찰은
쓰러져있던 그 무례한 남자를 부축해 앉혔다
그 남자는 그 후로는 아무 말도 하지 않았지만
나와 폴은 이 상황을 꼼꼼히 정확하게
경찰관에게 설명했다

"우리 엄마는 과부입니다. 그러니까 누구든지
엄마에게 욕을 하면 내가 무척 화가 나죠
저 사람은 나의 엄마를 '망할 년'이라고 욕하고
나에게는 '개자식'이라고 했습니다

그가 먼저 내 멱살을 잡았고 때렸어요
아프게 한 건 미안하지만, 그가 자초한 겁니다."
폴이 상황을 풀어가는 동안 경찰에게 들은 말은

"이 문제는 모두 없었던 일로 하지, 하지만
싸움은 법에 접촉된다는 걸 분명히 알아야 해요."
피해를 본 우리는 전혀 위로받지 못했다
오히려 폴은 침착하게 태권도를 이용한
정당방위에 근거한 합리적인 방법으로
제압했다는 부가적 설명을 했을 뿐이다

"저는 크리스천이고 성경의 가르침을 따르고 있어요."
내 가방 속 작은 성경을 인용하여 말을 이어갔다
폴은 마태복음 5장 39절을 펼쳐서 읽었다.
'나는 너희에게 이르노니 악한 자를 대적하지 말라
누구든지 네 오른편 뺨을 치거든 왼편도 돌려대며'
말씀처럼

"나는 그에게 양쪽 뺨을 모두 내밀었고 그가 거기서
그만뒀더라면 나도 아무 짓도 안 했을 거예요
그런데 그는 그만두지 않았어요."

상황을 자세히 알게 된 경찰은 무례한 그에게 엄중한
경고를 내렸고 더 이상 나에게 어떤
문제도 만들지 않겠다고 약속했다

집으로 돌아오는 길에 내심 폴의 행동을
자랑스러워하는 내게, 엄마가 결혼하지 않으면
대학 다니면서도 여기서 엄마의 보디가드
역할을 할 거라는 폴의 따끔한 충고를 들어야 했다

크로스로드스 고교 졸업식

폴은 졸업을 앞두고 졸업식에 필요한 옷을
준비하기 위해 학급 친구들과 양복점에 갔다
가장 좋아하는 옷을 구입하라는 내 말에
고맙다는 인사를 하고는
정리된 듯한 향후 자신의 계획을 내게 말해 주었다.

"나는 일을 할 거야 페인트나 배관 수리
그리고 자동차 수리도 할 수 있고
또 보조금이나 융자금으로 학비를 낼 수도 있어."
아들은 벌써 자립심으로 똘똘 뭉친 면모를 보였다
그리고 엄마에 대한 계획도 있었다
폴은 자기가 대학 졸업 후 좋은 직업을 갖게 되면
엄마가 죽을 때까지 여행 다니면서 놀게 해준다고 했다
무엇보다 엄마를 생각하는 진심 어린
생각들이 나를 울컥하게 만들었다
'못된 테넌트들에게 욕먹고 이용당하는
엄마가 참 안쓰러웠구나.' 싶었던 모양이다

"엄마는 그동안 나를 위해 너무 열심히 일하고
너무 많은 에너지를 쏟았어 엄마의 젊음과
아름다움을 다 소진했어, 순전히 나를 위해서."

기특한 생각을 하는 아들이
얼마나 고맙고 든든했는지 모른다

폴은 대학 진학을 두고 동부 몇몇 학교에서
합격통지서를 받았지만
서부 쪽에 있는 대학에도 원서를 냈고
그중 샌타바버라 캘리포니아주립대University of California,
Santa Barbara를 선택했다.
이유는 집에서 두 시간이 채 안 걸리는 거리에
혼자 사는 엄마를 생각하는 폴의 결정이었다
멀리 떠나있는 것보다 가까이에서
폴을 볼 수 있길 바랐던
나의 마음을 알아준 폴의 결정이 정말 고마웠다

크로스로드스 고교에는 졸업식을 위해
멋지게 꾸며진 졸업식장과 정리된 꽃밭이
축하 분위기를 한층 고조시켰다
분꽃과 덩굴식물인 주홍색 부겐빌레아를
배경으로 졸업식 단상이 마련되었고
마치 주홍색 병풍을 두른 것 같아 무대와 잘 어우러졌다
학교 밴드가 에드워드 엘가의 '위풍당당 행진곡

Pomp and Circumstance March No. 1'을 연주했을 때
하늘로부터 찬란한 금빛 햇살이 내리고 있었다
마치 오늘의 졸업을 축복하는 것처럼 보였다

행사장을 가득 메운 손님들과 학생들 모두는 밴드의
연주에 따라 함께 들썩이며 졸업을 축하하고 있었다
졸업 가운을 입고 사각모를 쓴 졸업생 한 무리 가운데
폴이 우리 앞을 지나가자 폴의 중학교와 교회 친구들은
호각을 불며 큰 소리로 환호를 보냈다
폴은 환한 웃음으로 답례하며 손을 흔들었다
그리고 모든 졸업생이 모자를 하늘 높이 던져
올리는 것으로 졸업식의 마지막을 장식했다
마침내 밴드가 '셀레브레이션'을 연주하자
학생들은 모두 신나게 춤을 추었다
내 마음도 기쁜 오늘을 축하하며
음악의 리듬을 타며 즐거운 시간을 보냈다
자랑스러운 폴을 향해 모든 사랑을 담아 인사했다

"주님의 이름으로 졸업을 축하한다."
"땡큐, 맘" 폴이 나를 허그했다
친구들로부터 축하의 꽃다발을 한 아름 받았다

졸업식 후 폴의 친구들과 산타모니카 몰에 있는
아름다운 바다 풍경과 짭짤한 바다 내음이 느껴지는
근사한 멕시칸 레스토랑에서
점심으로 축하의 시간을 가졌다
친구들과 저녁 일정이 예정된 폴을 두고
나는 혼자 차를 타고
집으로 오면서 많은 생각들이 떠올랐다
그동안 부지런히 공부하고 열심히 아르바이트하고
봉사하며 달려온 폴이 이제는 대학 입학을 앞두고 있는
멋진 청년으로 자라준 것이 참으로 감사했다

서울대학교 집중 프로그램 – 한국어 연수

폴은 평소 가깝게 지내는 친구가
한국어 연수를 간다고 했다
폴도 친구와 함께 한국어 연수를 가고 싶어했다
가만히 보니 본인의 의사가 아니라
친구 따라가고 싶은 마음이 더 커 보였다
그런데 얼마 후 친구의 상황이
한국을 갈 수 없게 되었을 때
폴은 자기도 연수를 안 가겠다고 했다
나는 폴에게 서울대 연수를 가도록 적극적으로 설득했다
결국 폴은 가기로 하고 내가 직접
주최 측인 UC 리버사이드에 등록까지 했다
그런데도 안 갔으면 내색을 하는 폴에게
수료할 때 엄마가 가겠다고 다시 다독였다
그래도 가지 않으려는 아들에게 새 차로 달랬다
폴은 연수를 다녀오면 새 차를 사기로 약속받고는
흔쾌히 수락하고 가는 것으로 마음을 정했다

그 후로 한국 적응기를 위해 스스로 매운 음식과
질긴 음식들을 먹으면서 음식문화 적응을 위해 노력했다
서울대학교가 제공하는 집중 한국어 공부 일정은
1992년 6월 23일부터 8월 10일까지 진행하는 것이었다

6주간 학교 내 기숙사에 머물면서 언어도 배우고
박물관과 민속촌 등을 방문하는 프로그램이었다
폴이 한국어와 한국문화를 잘 배워온다면
그보다 더 값진 일이 어디 있으랴 싶었다

학교 졸업 후 시간은 빠르게 지나갔다
벌써 폴이 연수를 위해 출국하는 날 아침이 되었다
마리나 델 레이 메리어트 호텔Marina del Rey Marriott hotel에
도착하니 학교 관계자들과 학생들이 모여 있었다
잠시 후 진행 일정에 대해 미팅을 했다
32명의 교민 학생을 안내하는 사람은
Mrs. 남, 한 사람뿐이었지만
UC 리버사이드와 서울대학교를 믿고
조금 불안했던 마음을 내려놓았다

미팅이 끝나자 부모들은 각자
아이들을 태우고 LA 국제공항으로 이동했다
공항으로 가면서 우리 대화의 중심 화제는 폴이 타게 될
새 차와 생애 첫차 79년형 세비에 얽힌 추억이었다
폴이 다녔던 학교 앞에서 똥차 쉐보레 세비가
고장이 나서 반 친구들이 볼까 망신스러웠고

당황했다는 말을 했다
폴에겐 꽤나 창피했고 심리적 부담을 주었던 것 같았다
한참 감수성이 예민하고 이성과 타인의 시선이 크게
느껴지는 시기였으니 나는 미안했다
하지만 폴이 살아가면서
'인격이 있는 사람은 못 가진 것 때문에 창피하지 않는다.'
는 것을 일러두는 것을 잊지 않았다.

폴은 공항으로 가는 내내 새 차에 대한 기대감으로
마음이 풍선처럼 부풀어 휘파람이 절로 나오는 모양이다
폴은 내심으로는 한국에 갔다가
빨리 오고 싶어 했을 것이다
폴에게 42일은 너무나 긴 시간처럼 보였다
나도 폴과 이렇게 오랜 시간을 떨어져 지낸 적이 없었다
향기 언니에게 아들을 부탁했을 때 말고는
배려심이 많은 폴이 엄마의 마음을 읽었을까?

"엄마, 나는 언제나 엄마의 사랑스러운 아들이 될 거야."
나에게 감동을 주었다
아침 내내 울적했던 마음이
아들의 한마디에 다 녹는 듯했다

"아들아, 나도 언제나 너의 사랑하는 엄마가 되마."
그리고 이번 연수가 폴의 인생에
최고의 시간이 될 거라고 격려해 주었다
마지막 시간을 기념하는 아쉬움을 담아
공항을 배경으로 기념사진도 한 컷 찍었다
출발 시간을 확인하면서 간단히
요기라도 해서 보내야 할 것 같았다

먼 길 떠나는 아들에게 밥이라도 먹여 보내고픈
어미 마음은 마냥 분주하기만 했다
폴은 식당 가자는 제안에
"엄마, 나한테 맛난 점심 사주려고 그러는 거 알아."
주문한 음식이 나오자 엄마의 마음을 안다는 듯
베이컨과 달걀 요리, 볶음밥과 우유 두 잔을
세상에서 가장 맛난 요리처럼 먹었다

그 모습을 보니 내 마음도 같이 든든해졌다
그리고 건강하게 잘 먹고 잘 지내고 곧
돌아올 거라고 생각하며 울적했던 마음을 다잡았다
이제 폴을 보내야 하는 시간이 다가왔다

나는 탑승구로 향하는 폴을 크게 껴안아 주었다

"잘 다녀와라, 엄마도 너를 너무너무 사랑한단다,
안전하게 돌아와야 한다, 알겠지?"
"오케이, 걱정의 수레바퀴 돌리지 말 것 오케이?"
폴이 손을 흔들며 내게서 떠나갔다
나는 그 자리에서 모두가 무사히 일정을 잘 마치고
올 수 있길 염원하며 일행을 위해 잠시 기도했다

얼마 후 비행기가 떠올랐고 내 눈에서
사라질 때까지 폴을 배웅했다
'부디 씩씩한 그 모습으로 곧 내게 돌아와다오.'
참았던 눈물과 텅 빈 마음을 진정해보려 애쓰며
폴이 없는 빈집으로 쓸쓸히 돌아왔다
왜 자꾸 우울해지고
눈물이 나는지 이상한 기분이었다.

폴의 빈자리

아침에 눈을 떠도 뭘 해도 의미가 없었다
혼자라는 사실이 너무나 싫었다
이런 내 모습을 마치 예상이라도 했다는 듯이
폴은 자기가 집에 없는 동안 내가 해야 할 일들을
목록으로 만든 리스트를 떠나기 전 내밀었다

정원 손질, 집 안팎의 청소, 세차
자동차 엔진 오일 점검
좋은 아저씨 만나 테이트하기
나는 다시 활기를 찾기 위해
친구들을 만나고 수다도 떨어보았다
그런데 구멍 뚫린 듯한 텅 빈
마음을 메우기는 역부족이었다
마침 친구가 폴이 좋아하는 간식이나
과자를 보내면 어떻겠느냐고 제안한 덕에
폴을 생각하며 열심히 포장하느라
그 일에 집중할 수 있었다

구입한 간식과 과자를 상자에 차곡차곡 넣었다
이 선물상자를 받고 엄마의 사랑을 가득
느낄 수 있도록 온 정성을 담아 포장했다

특히 폴이 좋아하는 비프저키와
피넛버터 쿠키는 당연 1순위로 챙겼다

소포가 서울대 기숙사로 날아가고 있을 때쯤
폴이 수신자 부담으로 전화를 했다
얼마나 그리워하던 목소리였던가?
폴은 안부 인사가 끝나고 궁금해 하는 내게
기숙사 분위기를 스케치해 주었다
서울대가 교외에 있어 폴에게는
시골처럼 느껴진 모양이다.
에어컨도 없고 모기가 많아 다소 고생하는
분위기였지만 친구들과 지하철도 타고
클럽이나 카페도 가보면서
나름대로 한국문화를 익혀가고 있었다

그리고 서울 가면 만나보라는 친구 딸이
영화관과 식당도 데려가 준 모양이었다
이어지는 엄마의 당부와 걱정하는 말을 듣고
'걱정의 수레바퀴'를 돌리고 있는 엄마에게
'제발 걱정의 수레바퀴를 돌리지 말라고.'
오히려 아들의 당부가 이어졌다

그리고 비프저키를 먹고 싶어 꿈까지 꾼다는
아들에게 소포로 보냈다고 하니
고맙다는 인사를 하며 정말 열심히
공부하고 있다고 걱정하는 나를 안심시켰다

그리고 폴의 사촌인 경애 언니의 딸은
기숙사에 와서 빨래도 해주고 맛난 밥도 사 주고
과일도 종류별로 사다 주었다고 깨알처럼 전해 주었다
30분을 넘어가는 통화가 금방 지나갔다

폴은 전화비가 많이 나온다며 사랑의
인사를 하고 우리의 통화는 다음을 기약했다
통화가 끝나고 오늘의 시간에
대해 감사의 기도를 드렸다
특히 전화 한 통화에 담긴 행복의
가치를 발견하게 되었음을 감사했다
폴이 떠나고 처음으로 편안한 숙면을 했다

지난번 통화 후 열흘이 지날 때쯤
다시 폴의 목소리를 들을 수 있었다
간단히 안부 인사가 끝나고

폴은 먹고 싶은 비프저키 소포가
도착하지 않아 조금 짜증이 나 있었다
얼마 후 알게 된 사실이지만 결국 그 소포는 분실되었다
관리소에서 없어진 모양이었다
폴은 엄마의 정성 가득한 소포를 받지 못했다
대신 연수가 끝나고 미국 와서 맘껏 먹기로 했다

폴은 연수가 끝나는 졸업식에
꼭 참석하시라 당부했다
폴은 학기 말 시험에 좋은 성적을 냈다며
엄마를 기쁘게 해 드리고
싶은 마음이 고스란히 전해졌다
폴의 졸업식이 끝나면 폴과 부산의 친정으로 가서
친정아버지도 찾아뵙고 싶었다
동생 부부와 조카들과도 즐겁게 지낼 예정이었다
나는 아들에게 다시 한 번 졸업식 참석 의사를
확인시켜주려고 항공편과 도착시간까지 알려 주었다
폴은 그날도 농담처럼 자기를 사랑하는지 물었다
나는 굉장히 사랑한다고 말해 주었다
그렇게 달콤한 통화를 끝내고 곧 다가올
폴과의 만남을 손꼽아 기다렸다

서울대학에서 섬머프로그램 졸업식 날은 한국에 있는
가족들이 함께 축하도 해주고
청평 휴양지로 떠날 계획도 세우고 있었다

돌이킬 수 없는 운명의 시간

폴이 떠나있는 시간 동안 앞으로의
삶의 방식에 대한 약간의 변화가 필요했다
폴이 계속 아파트 관리에 관여하게 하는 것이나
내가 계속 아파트 관리하며 유지한다는 것은
아무리 생각해도 무리가 있음을 알게 되었다

그래서 소유한 아파트를 정리할 경우를 대비해
여러 방법을 강구하다가 검증을 끝내고
땅을 20에이커 매입하기로 했다
그 땅에 건물 20채를 건축하고 팔기로 마음먹었다
계약을 마무리하기 위해
부동산 사무실에 머무르고 있었다

친구 다이안이 빨리 서울로
가봐야 한다며 급한 전갈을 주었다
폴이 아파서 병원에 입원한 것 같다고 하는데
자세한 것은 잘 모른다고 했다
폴에게 무슨 일이 생긴 것 같아서 불안한 마음을
진정하지 못하고 집으로 향했다
여러 가지 안 좋은 생각이 떠올랐지만
모두 추측일 뿐이라고 스스로 위로해 보았다

불길한 마음을 누르고
폴이 당한 사고와 위험으로부터
지켜주실 것을 간절한 마음으로 기도했다

집에 도착하자마자 먼저 자동 응답기를 확인했다
나의 회신을 기다리는 메시지들로 가득했다
맨 처음 사촌 경애에게 통화했지만
나쁜 소식을 내게 전하지 못하고
남편이나 삼촌에게 미루고 흐느끼기만 했다
전화를 끊고 나니 곧이어
UC 리버사이드의 미스터 남의 전화가 왔다
그 역시도 마음을 진정하라는 말과 함께
자세한 이야기를 하지 않았고
자기 부인인 미시즈 남이 곧 도착할 거라는 말만 했다
긴박한 상황에서 나는 다시 UC 리버사이드의
한국 프로그램을 맡고 있는 사무실로 문의했다

"저는 리사리입니다. 한국으로 떠난 학생
폴 유빈 리 엄마인데요…
그에게 무슨 일이 일어났습니까?"
"네, 당신을 기억합니다, 끔찍한 일이에요,

너무나 죄송합니다,
당신의 아들 폴 리는 사고로 세상을 떠났습니다."

마른하늘에 날벼락도 유분수지 청천벽력이었다
나는 심한 충격으로 전화기를 떨어뜨리고 기절해버렸다
얼마 후 내가 희미하게 의식을 차렸을 때는
UC 리버사이드에서 Mrs. 남이 차가운 수건으로 얼굴을
닦아주며 내 의식이 회복되도록 냉수를 권했다

그녀는 나와 함께 서울행 오후 3시에 출발하는
비행기를 탈 수 있도록 서둘렀지만 놓치고
3시 반 비행기를 겨우 탈 수 있었다
나는 여전히 충격의 늪에서
헤어나지 못했고 의식은 멍하기만 했다
그런 중에도 비행기 좌석에 앉아서 가장 먼저 했던
일은 두 손을 모으고 간절히 기도하는 것이었다
내가 할 수 있는 것은 오직 기도밖에 없었다

"하나님, 당신의 자비와 능력으로
부디부디 우리 아들 폴을 살려주시고
제발 저를 진정시켜 주소서 주여,

고요 속에 말씀해주소서
제가 기다리고 있습니다
제 마음이 침묵 속에 듣기를 원하나이다
제 마음과 영혼이 방황하지 않도록
붙잡아주시옵소서."

긴장과 불안의 연속에 있는 내게
Mrs. 남은 맥주를 한 병 주문해서 권했다
나는 두 병을 빠른 속도로 마시고 잠이 들었다
얼마 후 내가 깨어났을 때
Mrs. 남은 조심스럽게 폴을 추모하기
위한 어떤 생각이 있는지 물었다
나는 추모장학재단을 만들어야겠다는 의중을 비쳤다
간신히 대화에 집중하려 해보지만
내 감정은 슬픔과 분노를 억제할 수 없었고
흐느낌이 통곡으로 바뀌고 있었다
Mrs. 남은 그런 나를 위로하려 했지만
나는 너무나 절망적이었고 감정을 조절할 수 없었다
그녀는 기숙사에서 폴이 감전사로 사망했다는 것
외에는 자세한 상황을 전혀 알지 못했다
나는 문득 폴과 했던 마지막 통화가 떠올랐다

"엄마, 인생이 뭐야? 잠깐 나타났다 사라지는
안개일 뿐이라고 했는데 엄마는 그걸 믿어?"
왜? 폴이 그런 말을 했을까?
우연이라고 생각하기는 석연치 않았다
그의 무의식은 자기의 죽음을 알고 있었을까?
폴의 갑작스러운 죽음은 내게 많은
물음표를 달고 내 머릿속을 계속 휘젓고 있었다
하나님은 봉사 잘하는 폴을 이리도
빨리 데리고 가신 이유가 뭘까?
왜?
왜?
왜?
비행기를 타고 가는 동안 베개에 얼굴을 묻고
비탄과 절규의 간장이 녹는 듯 울었다 삼키곤 했다
마른하늘의 날벼락을 심장에 직통으로
맞은 나는 이미 '나'일 수가 없었다
가슴에 견딜 수 없는 찢어지는
진통이 오는 것이 오히려 이상했다

영정 속 폴이 나를 맞이하다

눈물의 비행이 어느새 김포국제공항에 닿았다
마중 나온 조카를 보자 나는 비통한 마음에
울음이 복받쳐 조카를 부둥켜안고 목 놓아 울었다
옆에는 서울대 측에서 마중 나온 일행으로
어학연구소와 기숙사를 대표해 나온
세 명의 교수가 있었다
폴이 당한 일을 두고 사과의 말을 했지만
내게는 전혀 들리지 않았다
나는 곧바로 폴이 있는 한독병원으로 달려갔다

병원에 도착하니 친척과 기자들
그리고 서울대학교 관계자 등
많은 사람이 모여 있었다
나는 괴로움이 주는
휘청거리는 몸을 겨우 가누며
영안실에 안치된 폴을 만나러 갔다
굳게 닫힌 관 속에 있는 아들을
어떻게 만날 수 있단 말인가?
누군가가 제지했는지
아무도 폴을 보여주지 않았다

갈가리 찢긴 육신의 고통을 안고
그리움에 사무친 엄마는 아들과
마지막 인사조차 나눌 수 없었다
내 아들 폴의 영정사진을
가슴에 품고 우는 일밖에 없었다
그리고 영정사진을 안고
그분께 폴의 영원한 안식을 부탁했을 뿐이다
내 삶의 여정에서 내 아들의 영정을 안고
김소월 님의 초혼招魂을 떠올리게
될 줄을 어찌 알았겠는가?

산산이 부서진 이름이여!
허공중에 헤어진 이름이여!
불러도 주인 없는 이름이여!
부르다가 내가 죽을 이름이여!
심중에 남아있는 말 한마디는
끝끝내 마저 하지 못하였구나
사랑하는 내 아들 폴이여!
사랑하는 내 아들 폴이여…

폴과 눈물의 만남을 하고 나서야

감전 사고의 자초지종을 듣게 되었다
기숙사 내에 전기온수기의 퓨즈가
학생들의 많은 사용으로 연결이 끊어진 적이
여러 번 있었는데 노후된 장치를 교체하거나
온수기를 새로 구매했다면 문제가 없었을 일이다
임시방편으로 전기선 대신 구리선으로 대체한 것이
감전이라는 대형 사고를 부른 것이다
비단 이 문제가 기숙사 관리 직원의
문제라고만 규정할 수는 없지 않은가
학교 행정의 큰 문제이며 많은 학생이 사용하는
기물을 이리도 허술하게 관리했다는 것이
나는 도저히 이해할 수 없었다

7월 31일 폴과 친구들은 클럽에 갔다
밤늦게 기숙사로 돌아왔다
모두 출출하고 시장기를 느꼈고
폴이 자진해서 친구들을 위해 간편식 라면에
온수를 채우려 했다가 전기온수기에 감전되었다
그전에도 폴의 친구들이 여러 번 전기가 찌릿찌릿
흐른다고 말했는데 관리자는 새겨듣지 않았다

결국 관리 소홀이 귀한 생명을
앗아가는 참상으로 이어진 것이다
폴은 이렇게 어이없는 죽음으로
8월 1일 새벽 내 곁을 떠나갔다
돌아올 수 없는 멀고도 먼 길을
한마디 말도 못 하고 혼자서 갔다
의식이 있는 마지막 순간까지
홀로 남은 엄마를 무척 걱정했다는 폴
이제는 천국에서 평안하길 기도한다
사랑하고 사랑한다, 내 아들 폴!

故 김동길 교수님의 인생 수업

심신이 많이 지친 내게 서초동
친구는 자기 집으로 갈 것을 권했다
나도 그편이 낫겠다 싶었다
친구는 나를 위해 집 안의
조도照度를 조절했다
그리고 먹기 쉬운 부드러운 음식을
준비하는 등 세심하게 배려했다
사람들이 없는 공간에 홀로 남으니
내가 살아있기나 한 건가 싶었다
나는 자동 울음기였다
나는 울 줄만 아는 주검이었다

지인이 챙겨 준 수면제를 먹고
깊이 잠들었다가 다시 깨어나
울기를 반복하며 새벽을 맞았다
오전엔 지인의 권유로 쓰러질 것 같은
몸으로 친구를 따라서 장례식 때
입을 상복을 사고 점심도 함께했다

오후가 되고 저녁이 되면서
또다시 슬픔과 분노의 감정에

내몰리면서 비통의 눈물이 쏟아졌다
다시 수면제를 먹고 잠을 청했다

다음 날 아침 오랜 세월 인연이 닿았던
김동길 교수님과 통화하며
폴의 일을 말씀드렸다
너무나 놀랍고 당황해하시며
친구와 함께 지금 방문하라고 하셨다
장례식 날이라 지금 못 간다고
말씀드리니 친구가 옆에서 큰소리로

"Lisa 장례식은 어제였어."
김 교수님은 안타까움과 연민의 목소리로
"Lisa는 지금 충격이 너무 커서
심약해졌어요 쯧쯧쯧…"
하며 혀를 차셨다
서초동 친구가 나를 데리고 교수님 댁을 갔다
김 교수님이 캘리포니아를 방문할 때마다
교수님의 강연을 하나도 빠짐없이
들었고 마음에 깨침을 얻곤 했다
폴은 "김 교수님이 한국에서 내가 아는

분 중에 최고"라며 엄지를 세웠었다

그리고 폴이 가장 존경하는 분이었고
폴의 마음을 읽어주고 격려하시는
자상하시면서 위엄 있는 분이셨다
폴을 잘 알고 계셨던 김 교수님도
폴의 소식에 크게 상심하셨다
교수님이 바쁘실 것 같아
이제 연락을 드렸다는 말을 들으시고
매사 걱정이 많았던 내게 스웨덴 속담을
들려주시며 이제 걱정 좀 그만하라고 하셨다

"걱정은 작은 일에 큰 그림자를 드리운다."
걱정은 아무것도 아니라고 하셨다
문득 폴이 했던 말이 머릿속을 스쳐 갔다
엄마는 걱정이 너무 많다면서
"걱정의 수레바퀴 돌리는 것을 그만두시라."
고 했었다
그런데도 나는 늘 걱정이 많았다

김 교수님은 2시간 동안 앞으로 내 삶에

대해 진지하고 명확하게 제시해 주셨다

첫째, 폴의 감전사에 대해서는 엄마인 내가
직접 서울대 총장과 대화를 통해 풀어가야 한다
둘째, 미국에서 하던 부동산 사업을 기존대로
진행하면서 평상심을 유지하도록 해야 한다
셋째, 폴이 했던 '크리스천의 의무'를 이어가는
의미에서 폴 유빈 리의 추모장학재단 설립을
칭찬하시며 나에게 추모장학재단의
초기자본seed money 300불을 주셨다
추모장학재단 설립은 서울로 오는 비행기 안에서
그 경황없는 중에도 생각했던 일이다

폴을 위한 의미 있는 일이라
생각해 미리 마음의 결정을 했었다
한국에서 폴의 일로 나에게 많은
기자의 쏟아지는 질문에 간단히
한 인터뷰에서 이 계획을 밝혔다
"나는 아들을 위해 추모장학재단을
설립해서 그의 죽음을 기리려 합니다."

교수님과의 만남을 통해 갑자기
안개가 걷힌 듯 많은 것들이 명확해지고
가벼워지는 느낌을 받았다
말씀 속에서 내 생각들이 정리되고
이후 방향도 뚜렷해졌다
김동길 교수님은 내게 새로운 의지와
내가 전에 한 번도 상상해보지 못한
심오한 생각들을 마음속에 심어주셨다

'지혜로운 아들은 아비의 훈계를 들으나
거만한 자는 꾸지람을 즐겨 듣지 아니하느니라.'
교수님은 잠언 13장 1절의 말씀을
내게 읽어주시며 지성을 겸비한 큰 울림의
말씀으로 나를 다시 살아나게 하셨다
나는 친구를 먼저 보내고 누구의 도움도 받지 않고
혼자서 복잡한 서울의 거리를 헛돌지 않고
조카네 집으로 갈 수 있었다

폴의 장례식

조카 집에는 폴의 장례식에 다녀온 많은
친척과 내가 모르는 사람들이 모여 있었다
아들 폴의 장례식에 참석하지 않은 엄마인
나를 사람들은 묘한 시선으로 쳐다보았다
"함께 있던 친구가 장례식이 어제라고 거짓말을 했어."
들릴 듯 말 듯 말을 했을 뿐이었다
어쩌면 내 깊은 무의식이
장례식을 거부했을지도 모른다
나는 아들의 죽음을 받아들일 수도 없었고
아들을 감전사와 부검으로 두 번이나 죽게 한
서울대를 용서할 수 없었다
나의 분노와 울분이 장례식 참석이라는
현실을 외면하게 했을지도 모른다고 생각했다

조카는 장례식에 불참한 내게
장례식 분위기를 소상히 전했다
대학 측은 버스 두 대와 리무진 한 대를
조문객에게 교통편으로 제공했고
조문객은 어학연구소 교수들과
기숙사 감독과 직원들
서초성당과 명동성당에서 온 연령회 팀

그리고 나의 가까운 친척들이었다

장례식 비용은 전부 서울대학교에서 부담했고
용인공원묘지에서 서울대학교장으로
성대하고 호화스럽게 치러졌다고 했다
하지만 그 무엇도 어떤 것도
나에겐 위로나 감사가 될 수 없었다
그날 밤 나는 무릎을 꿇고
어학연수에 참가할 의사가 없었던
폴을 강권으로 보낸 잘못된 생각과 판단이
아들을 죽음으로 이르게 했음을 느끼고
하나님께 깊이 회개의 기도를 드렸다

나는 그동안 남동생에게 사고에
대한 모든 일 처리를 일임해왔다
폴에게 아버지처럼 살피고 애정을 가졌던
동생도 이번 일로 많이 우울해 보였다
폴의 부검과 장례식 그리고 사고와 관련된
처리 문제까지 혼자서 많은 일을 하고 있었다
동생도 많이 힘들었을 텐데 그런데도
"누나, 학교 측이 재정적으로나 도덕적으로

책임을 지도록 내가 최선을 다할게요.
제게 의지하세요. 누나는 지금
너무 힘든 짐을 지고 있어요."
내게 진심 어린 마음을 보였다
이처럼 든든한 남동생이 얼마나
큰 의지가 되고 힘이 되는지
고맙고 또 고마운 동생이다

당신이 있어
내가 있습니다

우분투 ❷

외로운 길에서 만난 위로자들

이제 폴을 떠나보낸 서울에 잠시라도
더 머물고 싶은 생각이 없었다
폴의 장례식이 끝난 다음 날
산타모니카 우리 집, 폴이 그토록 좋아했던
추억이 가득한 곳으로 돌아왔다

3일 동안 주인 없는 빈집에서
나를 맞이하는 건 자동응답기의 애도와
위로가 담긴 메시지였다
나의 친구들과 폴의 학교 친구들이
비통한 죽음을 애도하고 있었다

지인들은 한결같이 서울대학과 기숙사 감독
직원들을 대상으로 소송을 제기해야 한다고 했다
모두 폴의 성장을 지켜보며 함께 웃고
함께 울며 세월의 정情을 쌓아온
가족 같은 분들이었다
그들도 큰 충격을 받았고 억울한
폴의 죽음에 크게 슬퍼하고 있었다

내가 집으로 돌아왔다는 소식을 접하고

지인들은 나를 위로하기 위해
여러 날을 나누어 방문했다
먼저 LA 연합감리교회 목사님과 사모님
여 선교회 회원들이 첫걸음을 해주었다
그들은 두 손 가득 맛있는
미역국과 잣죽, 깨죽을 손수 만들어 왔다
그리고 가져온 음식을 함께 나누기 전
모두 폴이 당한 일을 생각하며
눈물로 나의 슬픔과 아픔을 위로해 주었다
잠시 후 나는 장례 중에 있었던
일을 심방 온 교우들에게 들려주었다

"뉴욕에서 온 주디 박이라는 아이가
한국어 연수 프로그램에서
폴을 만나 친하게 지내면서
폴을 짝사랑하게 되었대요
그런데 어느 순간부터
폴의 여자 친구를 질투하기 시작했고
폴의 마음을 얻으려고 애썼지만
폴은 그런 마음을 받아주지 못했다고 해요

이에 화가 난 주디가
'지옥에나 가라!' Go to hell! 하고
저주를 퍼붓고 학교를 떠났다고 해요
그런데 얼마 후 폴의 소식을 접하고
학교로 달려와 밤새 슬퍼했다고 합니다
그리고 폴의 관이 하관될 때는 기절했는데
기절하기 전에 울면서 하는 말이

'폴 너를 너무나 사랑해, 왜 죽었니?
너를 떠난 나를 용서해줘
내가 네게 지옥에 가라고 악담해서
너를 죽게 한 내가 죄인이야
영원히 너를 사랑할게.' 울면서
폴에게 마지막 인사를 했었대요."

폴의 장례식 때 일어난 사건을 전하자
이 이야기를 듣고는 다시금
눈물을 흘리며 폴을 애도했다
그리고 폴의 선행들에 관해 이야기하면서
항상 솔선수범했던 쾌활했던
폴의 모습들을 추억하며

나는 교우들로부터 진심 어린 위로를 받았다

다음으로 나를 위로해 주신 분은 친구 메리가
모시고 온 영락교회 박희민 목사님이셨다
목사님을 통해 따뜻한 위로와 격려를 받았고
신앙적으로도 견딜 힘을 얻는 시간이었다

저녁에는 폴의 고교 친구이며
제일 친한 친구인 넬슨과 체스터가
아주 크고 예쁜 꽃바구니를 가지고
그들의 부모님과 함께 방문했다
두 아이는 폴에게 항상
친형제 같은 좋은 친구였고
폴은 외로울 때마다
그 친구들 집에서 밤을 보내곤 했다

나중에 전해들은 이야기로 넬슨과 체스트
그리고 몇몇 친구들은 폴의 갑작스러운
죽음에 큰 충격을 받고 한동안 아팠다고 했다
그리고 크로스로드스 고등학교의
교장 선생님과 교사들이 위로의 카드를

가지고 와서 나에게 따뜻한 위로의 말을 건넸다
나중에 나는 폴이 좋아하던
컴퓨터 두 대를 학교에 기증했다

폴의 교회 친구들도 다녀갔다
그들에게는 폴이 아끼던 소지품, 전기 기타, CD,
책, 옷, 스테레오 세트, 자전거 등을 내주었다
폴이 사용했던 물건들을 내보내는 것은
나도 엄청 힘들었지만
이 귀중한 유품들을 통해 폴의 친구들이
불쌍한 폴을 기억해주기를 간절히 바랐다

이외에도 많은 교우가 전화를
걸어 함께 기도해 주었고
그때마다 나의 상한 마음은 많은 위로를 받았다
그리고 박 목사님의 위로 전화와 구역 장로님들은
시간이 날 때마다 전화로 위로의 기도를 해주셨다

위로자의 발길이 닿는 낮이 지나고
온전히 혼자가 되는 밤이면 슬픔의 바다에서
몸부림치다 지친 몸은 심연으로 내려앉았다

비통의 극한은 마침내 폴을 따라가고 싶은
충동으로 내몰리길 반복하며
그렇게 불면의 밤이 계속되었다
문제를 해결하기 위해 처음 찾은
방편은 수면제였지만
그마저도 나에게 도움이 되질 않았다
결국 술에 의존하기 시작했고
와인은 어느새 위스키로 바뀌어졌다
밤낮을 마시며 울고 지치다 잠들기를 반복했다
잠시 잠깐 폴을 꿈에서 만나서 좋았지만
술은 슬픔을 이기는데 결코
좋은 방법이 아님을 알고
병원에서 상담을 통해 신경 안정제를 처방받고
서서히 일상으로 돌아가도록 노력했다

애도의 시간들과 끝나지 않는 애도

폴이 그리울 때마다
폴이 머물렀던 장소로 발길이
머무는 것은 자연스러운 일상이 되었다
마치 내 머릿속 내비게이션이 폴의 흔적이
차곡차곡 쌓여 있는 곳으로
알아서 데려다주는 것 같았다

산타모니카에 폴이 자원봉사자로 일했던
경찰서, 노숙자를 돕던 골목
아르바이트했던 햄버거 가게
비디오 가게, 아이스크림 가게
그리고 폴이 다녔던 초중고등학교와
밤에 주로 이용했던 몬태나와 산타모니카 도서관
링컨공원 내에 있는 테니스코트와 농구코트장
쇼핑몰 등이 모두 폴과 나의 추억을
실어다 주는 공간이 되었다

폴과 함께 음식을 먹고 독서하고
산책했던 공간들을 따라 폴을 만나고
때론 폴의 환상을 보면서
나는 스스로 애도의 시간을 보냈다

〉
하루는 폴이 서울로 연수 떠나던 날
아침을 먹었던 식당이 있는
마리나 델 레이 메리어트 호텔에 갔다
폴과 내가 앉았던 테이블에 앉아
그 자리를 쓰다듬어 보기도 하고
폴이 아침을 먹으면서 앉았던
그 의자에 앉아도 보았다
폴이 앉아있던 모습이 선명하게 떠올랐다
울지 않으려고 애를 쓰면 더 많은 눈물이
얼굴을 적시고 볼을 타고 흘러내렸다

어떤 날은 폴과 함께
자주 산책하던 해변으로 갔다
우리는 가끔 달빛을 받으며
산타모니카 해변으로 피크닉을 가곤 했다
폴이 우리 주변을 맴돌던 갈매기에게
고기와 빵을 주던 일을 기억했다
그날도 폴은 갈매기에게 먹이를 주고 있었다

"폴, 너의 저녁 식사가 모두 갈매기한테 가네."

"걱정하지 말고 행복했으면 해 엄마, 삶의
기쁨은 주는 것과 감사하는 마음에서 오니까."
폴은 중학교 때부터
노숙자 돕는 일을 기쁘게 생각해왔다
폴은 삶의 참 기쁨이 무엇인지
너무 이른 나이에 알아버렸다
그리운 폴!
지금은 천국에서 기쁨을 누리며 잘 있겠지?

내게 정상적인 일상을 찾아간다는 것은
생각처럼 간단하지 않았다
육상선수가 경기 중 허들을 건너뛰다
걸려서 넘어지는 것처럼
일상에서 나는 자주 넘어졌고
이상한 경고음이 내 몸에서 울리기 시작했다

세차하면서 자동차 내부까지 물을 뿌리거나
부엌 바닥을 청소한 젖은
걸레를 냉장고 안에 넣거나
전화기를 냉동실에 넣어두고
온종일 찾아 헤맨 적도 있다

하루는 외출하고 돌아와 보니 왼팔에 시계를
두 개나 차고 있었는데 전혀 알아채지 못했다
결정적 사건은 외출 후 집으로 돌아와 급히
화장실을 가야 하는데
부엌을 뱅뱅 돌며 헤매는 상태가 되었다
그제야 나는 상태의 심각성을 알게 되었고
도움이 필요하다는 사실을 깨달았다
정신과 전문의의 처방은
"신경쇠약입니다. 한동안 약을 드시면 됩니다.
걱정하지 마세요."
나를 진정시켰고 약의 도움을 받게 되었다

나는 그동안 닫혀 있었던 폴의 방에
새로운 침대 이불을 마련하고
폴을 추억할 수 있도록 수백 장의 사진들을 도배했다
폴이 활동했던 다양한 사진들은 마치 폴이
아직 내 옆에 있는 것처럼 생생하게 다가왔다

유난히 스키를 좋아했던 폴은 신나는 표정을
그대로 담고 하강하고 있었다
물보라를 일으키며 굽이치는 계곡을 내려오며

승리감에 도취한 듯한 모습은 카약의 선수처럼 보였다
폴은 스포츠를 좋아했고
잘하고 즐기는 수준이었다
한때 폴은 와일드 액션이 자신을 용감하게 만들고
꿈꾸는 에너지를 준다고 했다

유년 시절 옥상에서 목욕 타월 두르고
슈퍼맨처럼 뛰어내렸던 폴이 아니던가
폴은 두려움보다
도전하고 즐기는 것을 좋아했다
다른 사진에서는 폴이 물개처럼 자유롭게
물의 유영을 즐기며 수영하고 있다
그 옆으로는 승마복을 입고
윤기가 흐르는 멋진 말을 타고
엄지손가락을 치켜세우는 자세를 취하고 있었다
그리고 폴의 핑크빛 추억인 여자 친구와의 즐거운
시간도 한쪽으로 장식해 놓았다
내 마음이 가는 곳에 폴이 있었고
폴은 그때마다 추억으로 나를 위로해 주었다
아니 위로받고 싶었다가 맞는 표현일지도 모른다

서울대 어학연수가 끝나고
도착한 우편과 두 친구의 방문

1992년 어학연수 프로그램이 끝나고
서울대학교 출판부에서
'우리는 모두 한국어를 배웠습니다
We All Have Learned the Korean Language'라는
책자를 보내왔다
책자 안에는 폴에게 짧은 글을 남긴
고마운 친구가 있었다

〈잊지 못할 폴 유빈 리에게〉

"나에게는 폴 유빈 리라는 좋은 친구가 있었다
그는 매우 마음씨 착한 아이였다
나는 그를 LA 공항과 한국에서 만났다
폴과 김만세, 그리고 나는 디스코텍에 함께 갔다
폴은 나에게 동생 같았다
폴은 나를 자주 웃게 했다
폴은 우리 셋이 함께 춤추는 것을 좋아했다
폴은 잘생긴 청년이었고 멋진 댄서였다
폴은 결코 화내는 일이 없었다
그는 1992년 7월 31일에 우리를 떠나갔다
그에게 꼭 하고 싶은 말이 있다

너의 영혼이 평안을 얻기를 바란다 폴, 내 동생 폴!
너를 사랑하고, 그리워하고, 절대 잊지 않을게. - 이종호"

그리고 함께 동봉된 포장 안에는 연수
프로그램이 관련된 사진과
글들이 있었는데 마주하기 전
크게 심호흡하고서야 내용들을 펼쳐볼 수 있었다
폴의 사진들을 보면서 폴의 호흡으로
써 내려간 일기를 읽었다
폴과 통화했던 내용을 기록한 부분을 마치
어제 일처럼 생생하게
폴의 목소리가 들리는 것 같았다

그렇게 먹고 싶어 했던 비프저키와 간식들이
우편물 분실로 사라졌을 때 안타까워했던
아들 폴의 목소리
엄마는 걱정이 많다며 걱정은 그만하라고 했는데
이제는 '엄마! 사랑해요.'라는 말도 더는 들을 수 없다는
현실에 일기 속 글자들은 흐리게 번져갔다
여러 날 폴을 한없이 그리워하며 읽고 또 읽었다
일기 속에서 폴의 생각을 읽고

엄마를 향한 사랑에 감동하며 세상 가장 귀한
보물처럼 가슴에 안고 쓰다듬고 쓰다듬었다

9월 초에 서울대 어학연수에 참가했던
은주와 로버트라는 두 학생이 집으로 찾아왔다
폴에게 두 학생의 이름을 들어 본 적이 있었는데
특별히 나에게 전할 말이 있다고 했다
우린 간단히 인사를 나눈 뒤
친구들을 폴의 방으로 안내했다
은주가 먼저 말을 꺼냈다
자기는 폴과 친하게 지냈다며
폴이 엄마에 대해 자주 했던 이야기를 전해 주었다

"폴은 매일 어머니 걱정을 했어요.
어머니가 자기 때문에 재혼도 안 하고
힘들게 살아오셨다고요.
폴은 어머니가 좋은 아저씨를 만나서 결혼도 하고
그래서 자기도 좋은 새아버지를 갖게 되기를 바랐어요
어머니와 새아버지가 손을 잡고 걷거나 함께
여행을 떠나는 모습을 보고 싶어 했어요."

은주의 말은 폴이 내게 종종 했던 말이었다
엄마가 세입자들 때문에 힘들어하고
그들 때문에 위험해 보이는 일이 있을 때면
입버릇처럼 재혼 이야기를 꺼내곤 했다
엄마의 보디가드를 자청해 대학도 두 시간 거리에 있는
UC 산타바바라로 결정했었다
혼자 있는 엄마가 늘 마음이 쓰인다는 건 알고 있었지만
폴이 오히려 나보다 더 간절히 원했다는 생각에 이르자
또다시 폴에 대한 그리움으로 뜨거운 눈물이 고여 왔고
고장 난 수도꼭지가 되어 소리 없는
수액은 볼을 타고 흘러내렸다

잠시 정적이 흐르고 두 아이는
조용히 내가 진정되길 기다려 주었다
내가 호흡을 가다듬자 이번에는 로버트가 말을 이어갔다

"이 패키지 안에 폴의 신발이 들어있습니다
폴을 기억하기 위해 간직하고 싶었지만,
저의 어머니가 갖다 드리는 게 옳다고 하셨어요
왜냐하면 고인이 오랫동안 좋아하던 유품이니까요."
로버트가 내게 신발을 건넸다

그 신발은 서울로 떠나기 전 폴에게 사 준 새 신발이었다
아무 말 없이 폴의 신발을 가슴에 끌어안았다
은주와 로버트 두 친구가 가고 나는
그 신발을 품고 얼마나 통곡했는지 모른다
서울 조카 경애가 이모의 눈물은
호수라도 만들 것이라 했다
어디서 그렇게 시도 때도 없이 눈물이 나는지
내 몸은 흐르는 강줄기 같았다

서울대학교의 제안과 무관심

서울대학교에서 합의를 위한 제안 서신이 왔다
여전히 그 학교만 생각해도 불편한 심기를
감출 수 없고 분노로 내 마음은 심하게 요동쳤다
내용은 폴 유빈 리 추모 장학 펀드를 설립해
매년 학업성적이 뛰어난 학생 20명에게
장학금을 지급한다는 것이었다

나는 판단이 서지 않았다
서울대학교에서 장학금을 받고 공부했던 박 목사님을
찾아가서 자문을 받았다
장학금 받는 학생들은 자기가 공부를 잘해서 받지
사실은 누가 주는 장학금인지도 모른다고 했다
장학금 줄 돈을 보내주면 미국에서 직접
장학재단을 운영하겠다는 의사를 밝히라고 조언했다

몇 주 후 김 총장은 서울대학교는 공립대학교라
공립대학교의 총장으로서 내가 요청한 기금의
거래를 처리할 권한이 없다는 이유로
나의 요청을 거부하는 답신을 보내왔다
그 후 변명과 회피로 줄다리기가 이어졌다
최종 서신이 대학 총장으로부터 다시 도착했다

'유일한 보상이 서울대학교에 폴의 이름으로
된 장학기금을 만든다'는 것뿐이라고 했다
얼마의 기금이 조성될 것인지 어떻게
학생들에게 배부할 것인지에 대한 언급은 없었다

근황을 접한 주위에 몇몇 한인 지도층 인사들이
나를 돕기 위해 방법을 논의했고
나에게 변호사에게 수임할 것을 제안하고
유명한 법무법인을 추천했다
결국 센추리 시티의 변호사가 한국 정부에
소송을 알리는 서류를 보냈지만
한국 정부로부터는 아무런 반응이 없었다

나는 추한 소송을 견뎌낼
에너지가 남아있지 않았다
모든 것을 포기하고 싶었지만
지인들이 나를 데리고 간
센추리 시티에 있는 독일계 미국인 변호사는
폴을 위해 끝까지 싸워야 한다고 나를 설득했다
그리고 우리 측 변호사는 감전 사고의 책임이 있는
한국 정부와 대학에 대해 개탄해 마지않았다

폴 유빈 리 추모장학재단

폴 유빈 리 추모장학재단은 1993년 10월 14일
캘리포니아 주법에 따라 정식으로 설립됐다
UCR University of California, Riverside 변호인들은
UCR 측이 학생들의 호스트로서 동행했기 때문에
폴의 죽음에 책임이 있다고 인정했다
미국이 이 사건에 대해 얼마나 정의롭고
합리적으로 대처하는 나라인지 깨달았다

미국은 작으나마 양심과 진실을 말하려는
열정이 있는 나라이고 국민들이었다
서울대는 여전히 무관심으로 일관했기 때문에 극명하게
대조적 입장을 취하는 그 자세를 이해할 수 없었다
사고는 분명히 서울대학교 내에서 일어났는데
그저 서울대학교의 부도덕성이 놀라울 뿐이었다
자신들의 책임을 일체 부인했을 뿐만 아니라
최소한 법정에 대리인 한 사람도 보내지 않았다

UCR 측이 두 가지 선택 사항을 제안했다
첫째, 20년 동안 나에게 보험금을 지급하거나
둘째, 20년 동안 폴의 추모장학재단에
기금을 지급한다는 것과

셋째, 혹시 나에게 다른 요구가 있다면
그것도 고려하겠다고 했다
미국은 역시 법과 질서와 원칙이 존중되는 나라였다
나는 UCR의 제안에 대해 모두에게 감사했다
이 소송에 대한 근본 취지는
나의 물질적인 부분에 있지 않았고
탐욕은 신앙적이지 않기 때문에 두 번째 옵션을 택했다

UCR에서 받은 보상금으로 나는
폴 유빈 리의 추모장학재단을 설립했다

나는 추모장학금을 폴이 원할 것이라
생각되는 방식으로 지급하기로 했다
폴은 제때 임대료를 못 내는
흑인과 히스패닉 테넌트들에 대해
특별한 동정심을 가지고 있었다

"그 사람들은 대개 다른 사람들보다
가난하니까 엄마가 좀 이해해 주면 좋겠어."
아들은 엄마보다 그들의 입장에서 말했었다
내가 입장이 곤란한 표정을 지으면 내게

'가짜 크리스천'이라고 엄마에게 쓴소리했던 폴이다
결국 엄마에게 폴은 선한 뜻을 이어가게 했다
나는 연례 장학금 2개를 흑인 학생들에게
2개는 히스패닉 학생들에게
그리고 2개를 한인 학생들에게 돌아가도록 결정했다

여행지에서 대면하는 아물지 않은 상처들

집을 떠나 마음의 상처를 치유해보라며
친구들이 해외여행을 권했다
친구들의 제안에 동의하고 친구들과 함께
캐나다 여행에 합류했다
일정 중에는 몇 곳의 대학 캠퍼스를 둘러보는
여정도 포함되어 있었다
캐나다는 토론토 대학을 비롯하여 100개가 넘는
대학이 있어 자연스러운 일정일 수 있었지만
내게는 다른 의미로 다가왔고
오히려 상처를 들추는 일이 됐다

사실 폴은 캐나다에 있는 대학을 둘러보고 싶어 했다
여름이 되면 캐나다에 가기로 약속까지 했는데
결국 그 약속을 지키지 못했다는 것을
캠퍼스가 나에게 아프게 상기시켜 주었다
폴과 약속했던 기억이 떠올랐을 때
비통함으로 정신을 놓고 그 자리에 주저앉았다
얼마 후 겨우 마음을 진정하고서
다시 일행들 속으로 따라갈 수 있었다

일행은 다음 목적지인

빅토리아 부차트 가든Butchart Gardens으로
향하는 페리를 타고 가는 동안 멋진 광경을
카메라에 담느라 분주해 보였지만,
나에겐 모두 부질없어 보였다
폴이 없는 내겐 모든 것이 무의미하게 느껴졌다
부차트 가든에 도착했을 때 정원이 주는
우아함과 화려함과 장엄함에
신선한 충격을 받았다

이 정원은 원래 석회석 채석장이었는데
폐허가 된 이곳 총면적 50에이커에
부차트 부부가 1900년대 초에 개조했고
지금은 자녀가 대를 이어
아름다운 정원을 가꾸고 있다고 했다

나는 정원의 아름다움에 감동되어 혼자 시간을
갖도록 양해를 구하고 오랫동안 산책을 했다
지난밤 꿈에 폴이 다녀갔던 기억을 더듬어가면서
폴에 대한 그리움의 시간을 보냈다

산책길에 발견한 꽃씨 전문점 선물 코너에서

300개가 넘는 꽃씨 봉투와 포장된 선물을 샀다
그중 일부는 한국과 캘리포니아에 있는 가까운
친구에게 보냈고
대부분은 부차트 가든 포스터와 함께
서울대학교 박남식 교수님께 우송했다

폴의 사고 당시 안타까운 마음으로 여러 일을
도와주셨던 어학연구소의 박남식 교수님과
우리 폴을 직접 지도하셨던 문희자 교수님은
잊을 수 없는 고마운 분이었다
물론 모두 다 기억이 안 나지만
고마운 분들이 참으로 많았다

박 교수님은 폴의 무덤에 푸른 잔디가
빨리 자라서 무덤이 푸른 옷으로
단장되길 바라시며 관절염이 심해 불편해도
아픈 다리로 개울물을
양동이로 들어 나르던 분이셨다
난 작은 보답이라도 하고 싶은 마음에
캐나다 부차드 가든에서 꽃씨를 사서 보내드렸다
서울대 어학연구소와 기숙사 주변과 길가 화단에

꽃씨들을 심어달라는 부탁의 편지도 함께 동봉했다

분노의 마음이 컸던 학교지만 꽃씨들이 잘 자라
폴의 영혼이 꽃으로 피어나고 공부하느라
스트레스에 지친 학생들이 폴의 꽃들을
보며 위로받기를 꽃씨에 진심을 담아 보냈다
이번 캐나다 여행으로 나의 상황이
크게 호전된 것은 아니지만 그래도 몸과
마음의 무게가 조금은 가벼워진 것 같았다

여행에서 돌아왔는데
또 정처 없이 어디론가 떠나고 싶었다
보고 있어도 보고 싶은 사람처럼
가슴이 늘 허공이었다

폴이 그렇게도 가고 싶어 했던
유럽 여행을 홀로 떠나기로 했다
쓰린 마음을 안고 런던으로
가는 비행기에 몸을 실었다
그래도 마음만은 폴과 함께였다
때늦은 후회가 또 한 번

내가 했던 결정을 자책하게 했다

"엄마, 한국말과 문화를 배우는 것도 중요하지만
나의 미래를 위해서는 글로벌 경험이
더 많은 도움이 될 거 같아."
폴이 그렇게 자기의 의견을 말했을 때도
내가 강하게 주장해서 어학연수에 참가했다
그때는 서울대학교에서 한국어와 한국의 문화와
역사를 배울 기회를 가지는 것이 중요하다고 생각했다
결과적으로 내 판단은 돌이킬 수 없는
엄청난 불의의 결과를 낳았고

자책과 분노와 원망으로 가득 찬
나를 데리고 일상을 산다는 것은
내 의지와 사뭇 다르게 흘러가고 있었다
폴의 소식을 들은 순간부터 시작된
어지럽고 산만하고 공허한 느낌이 지속되는
증상은 식욕과 시력을 급격히 떨어뜨렸다
게다가 쉴 새 없이 딸꾹질까지 나서
몸의 괴로움은 더 가중되고 있었다
삶의 균형이 깨지면서 몸은

견딜 수 없다고 아우성을 쳐댔고
언제 밥을 먹었는지 물을 마셨는지
기억조차 못 할 때가 많아졌고
급기야 체중이 눈에 띄게 줄어가고 있었다

여행이라고 떠나온 런던에서도 내 상황은
동굴 밖으로 나갈 줄 몰랐다
호텔에 체크인하고 호텔 내 매장에서
와인 한 병을 사 들고 룸에서 혼자 마시기 시작했다
우연히 틀어놓은 라디오에서
폴이 좋아했던 노래가 흘러나왔다
스티브 밀러 밴드의
'북 오브 드림즈The Book of Dreams'를 들으며,
계속 마셨고 아들을 생각하며 또 울었다
창밖에는 굵은 빗줄기가
런던 시내를 흠뻑 적시고 있었다
그 빗줄기는 눈물이 되어 나를 적시고
나는 깊은 우울감에 빠져들었다

빗줄기가 가늘어질 때쯤
내 울음도 그쳐지고 있었다

마음을 가다듬고
카펫에 무릎 꿇고 앉아 두 손을 모았다
조금 전까지 폴을 데려가신
하나님을 향해 원망하며 통곡했던
내 모습은 어떤 고난 가운데서도
하나님께서 온전히 이끌어 주시길 바라는
착한 양이 되기도 했다
자식을 억울하게 잃고 고난 가운데 있는
엄마는 하나님께 아들이 영원한
안식 가운데 있기를 간절히 기도했다

마침내 호텔 방 문을 열고
세상 속으로 걸어 나갔다
데스크에서 관광명소 몇 곳을 안내받아
셰익스피어 생가를 방문하고
윌리엄 셰익스피어의 친척이 운영한다는
'셰익스피어 에일 머그스'라는
카페에서 맥주를 마시기도 했다

런던을 떠나오기 전 페리를 타고
템스강 변의 음악 가게에서 폴의 방에 켜줄

우라이아 힙Uriah Heap의 히트 CD를 샀다

집에 도착해 곧바로 폴의 방으로 갔다
폴에게 들려줄 선물을
머신에 CD를 넣고 재생시켰다
'7월의 아침 July Morning'에 이어
'달콤한 자유 A Sweet Freedom'가 흘러나왔다

"사랑하는 주님, 여행에서 돌아왔습니다
아들 폴을 위한 CD도 사 왔고요."
무사히 잘 도착하고 폴에게
음악을 들려줄 수 있음에 감사기도를 했다
폴이 매일 밤 기도로 하루를 마무리했던 것처럼
기도는 내 인생 여정에 자연스러운 힘이 되었다

《하늘로 치미는 파도》
폴 추모 1주기 헌정되다

무엇을 하든지 항상 폴은
머릿속 한 공간에 함께 있었다
폴이 그립고 감정들이 요동칠 때마다
써 내려간 글들이
어느새 상당한 분량이 되었다
얼마 후 있을 폴의 1주기 추모식에
헌정하고픈 나의 마음을
서울대 어학연구소에 문의했고
추천해준 출판사가 있었다

마침, 서울의 P 출판사가 원고를 보고
출판을 제의를 해왔고
출간 준비를 위해 미국에서 서울로 날아갔다
가기 전 나는 이 책의 판매수익 전액을
폴 리 추모 기금을 조성하는 데 사용하기로 했다
서울에 도착하니
어학연구소에서는 출판을 위해 소요되는
두 주의 시간 동안 호암 메모리얼 홀을
사용하도록 배려해 주었다
책은 어학연구소의 배려와 격려 속에 출간되어
폴의 추모 1주기에 헌정되었다

서울대 어학연구소의 교수님과 연구원들의 도움으로
책이 출간되어 1주년 추모식에 헌정할 수 있었다

1주기 추도식에는 서울대학교 버스를 이용하여
성당의 교우들, 어학연구소와 기숙사 직원들
내 친구들과 친척들이 함께 용인 묘지로 향했다
묘지에는 동생 가족과 부산 성당 교우들이
새벽을 깨워 서두른 덕에 이미 도착해 있었다

남동생이 진행한 추도식은 헌화와 묵도와
헌시를 낭독하는 것으로 예식이 끝났다
폴의 무덤은 꽃으로 덮여 꽃 무덤이 되었고,
나는 비석 옆에 준비한 책을 가지런히 놓았다
항상 열정적이고 활동적이었던 착한 아들
내 사랑하는 폴을 용인 골짜기에 두고
울음을 삼킨 채 발길을 돌렸다

폴의 첫 기일 추도예배를 마치고 서울에서
가까운 친척들과 함께 밤을 보냈다
친척들의 격려와 위로 덕분에
내가 살 수 있는 것 같았다

친척과 가족이 얼마나
소중한 존재인지 너무나 고마웠다

변화의 땅에서 나를 찾아가다

내게는 안정을 위한 변화가 필요했다
그래서 친구 혜순과 항상 꿈꾸던 이스라엘
성지순례를 하면서 나를 찾아가기로 했다
출발 당일 LA 공항에 도착해서
친구 혜순을 만났을 때
여권을 집에 두고 왔음을 알게 되었다
여전히 내 일상이 안정적이지 않다는 반증이었다
친구가 답답해서 공항 직원에게 사정해도
여권 없이 출국은 불가능한 일이 아닌가
결국 나는 추가 비용을 지불하고
다음 날 혼자 출발하여
이스라엘 숙소에서 합류하기로 약속했다

이스라엘로 향하는 비행기 내에는 대부분
이스라엘 사람들이라 대화도 어렵고,
나는 홀로 외로운 여행자가 되었다
죽으면 죽으리라는 마음으로 당황하지는 않았다
텔아비브 야포 공항에서
하이파로 가는 버스를 타고
아코라는 작은 시골 마을까지 가는데 버스를 갈아타고,
내려서 또 택시를 이용해 숙소까지 무사히 도착했다

그런데 일행은 프런트에 메모를 남겨두고
이미 다음 코스로 이동한 뒤였다
문제는 택시 기사와 언어가 원활하지 않고
어둠이 내린 뒤라 두려운 마음이 들었다

마침내 지중해 연안에 있는 호텔 숙소에서
친구 혜순을 기쁘게 재회할 수 있었다
하루 일정을 돌아보며, 인생은 여행이고,
여행 같은 인생을 살았다는 생각이 들었다
그리고 낯선 나라에서 헤매다 만난 친구 혜순은
마치 이산가족 상봉처럼 기뻤고, 먼 타국에서
친구와 함께 할 수 있음이 너무나 감사했다
다음 날 여정은 '갈릴리의 꽃'이라 불리는
'나사렛'으로 갔다
예수님이 유년과 청년 시절을 보내신
작은 시골 마을인데 실제로
그 마을을 내 발로 직접 다니는 것이
신기하고 참으로 큰 축복이란 생각이 들었다

이스라엘의 가장 중요한 성지 중 한 곳인
예루살렘 통곡의 벽에 도착했을 때였다

늘 해맑은 친구가 통곡의 벽에 돌처럼
그 앞에 서서 꼼짝하지 않고 서 있었다
친구도 통곡의 벽에 기도하는
많은 인파들처럼 울고 있었다
소리 없는 눈물이 흘러내리는 친구 주위에는
정말 통곡하며 기도하는 사람들이 많았다

나는 폴을 생각하며 통곡의 벽에 붙어서서
내 슬픔을 한없이 쏟아냈다
그리고 가시면류관을 쓰시고 우리를 위해 십자가에서
고통받고 돌아가신 예수님의 고통을 묵상했다
통곡의 벽에서 온종일 기도하는 사람도 있다고
가이드는 이스라엘의 역사와 더불어 첨언해 주었다
고통과 염원이 가득한 그곳을 떠나
우리는 사해死海 쪽으로 이동했다

사해는 현재 존재하는 구약 사본 중
가장 오래된 사해사본이 발견된 곳으로
성경학적으로 매우 가치가 있는 곳이었다
사해에는 사본이 발견된 여러 동굴도 있었고
또 다른 주목을 끄는 사해 호수가 있었다

호수는 요단강물이 유입되어 나가지 않고 그 물이
고온으로 증발하기 때문에 소금 결정체로 가득했다
태양 빛에 발화된 눈부신 염전은
마치 반짝이는 꽃밭 같았다
카메라 셔터를 누르며
그 아름다움을 부지런히 담았다
실로 오랜만에 렌즈에 세상을 담았다
이스라엘 여행은 나를 비우고 새로운 것을 담는
특별한 시간이었고, 내게 많은 위로를 주었다

우리는 예수님이 죽기 전날 밤
제자들과 함께 눈물의 기도를 하셨던
기도의 동산인 겟세마네 동산에 이르렀다
나는 두 손 모아 폴이 부디 천국에서
평안하길 간절히 기도했다

다음 날은 이스라엘의 생명수인
호수 갈릴리로 갔다
예수님의 말씀이 선포되고 치유가 이루어졌던
곳으로 영적인 생명수가 가득했던
성경에 수없이 언급되었던 바로 그 갈릴리다

친구 혜순이가 생명수를 통에 담으려다
그만 풍덩 하고 물속으로 빠졌다
당황한 나는 친구를 구하려
뛰어들 준비를 하며 계속 혜순을 불렀다
갑자기 물 위로 웃음 띤
얼굴로 친구가 한마디 했다

"내 걱정 하지 마, 나는 성수에 몸을 담그고
침례를 받는 중이거든, 새로 태어난 거야."
정말 행복하다는 웃음을 보이는
친구가 호숫가 수심이 얕은 곳으로
나와서 나와 한참을 물에서 놀았다
물세례를 서로 퍼부으며 아이들처럼 즐겁게 놀았다
실로 오랜만에 처음으로 맘껏 웃어 보았다

다음 방문지는 금으로 반원형의
돔으로 만든 황금 사원이었다
내부의 높은 언덕에는 아브라함이 이삭을
제물로 드리려고 했던 큰 바위가 있었다
이스라엘 가이드는
성전과 아브라함에 관한 이야기를 들려주었다

〉
아브라함과 사라가 아주 늙었을 때
하나님께서 아들을 주신다고 약속하셨고
다음 해 사라는 아들 이삭을 낳았다고 했다
훗날 하나님은 아브라함에게 이삭의 희생을 요구하는
위대한 믿음과 순종의 시험에 응하도록 명하셨다
아브라함은 이에 순종하고
아들을 제물로 드리기 위해
이삭에게 장작을 지우고 함께 산꼭대기로 올랐다

하나님이 일러 주신 곳에 이르러
제단 위에 아들 이삭을 올려놓고
제물로 아들을 드리려 칼을 높이 들었을 때
그 순간 아브라함을 부르는
하나님의 다급한 음성이 들렸다
하나님이 칼을 든 아브라함의 손길을 멈추시고
번제를 위해 준비하신 숫양을 보여주셨다
아브라함은 장수하고 아주 많은 나이에 죽었으며
지금의 요르단에 있는 헤브론의 막벨라 동굴에 묻혔다
아브라함의 이야기는 나를 깊이 감동하게 했다

'우리 폴이 사고사가 아니었다면, 아브라함의 믿음처럼
나도 순종함으로 자식을 하나님께 바칠 수 있을까?'
나는 절대로 그렇게 할 수 없을 것 같았다
만약 폴이 목회자의 길로 간다면 교회를 세우는데
최선을 다해 돕겠다는 마음의 준비는 하고 있었다
아브라함의 순종은 내게 많은 생각의 정리와
내 신앙을 다시 돌아보는 특별한 계기가 되었다
나는 결심의 기도로 나를 찾는 시간을 가졌다

'오늘부터 저는 진심으로 하나님을 믿습니다
다시는 하나님을 욕하지 않겠습니다
다시는 탐욕을 가지고 투쟁하지 않겠습니다
다시는 무신론적 라이프 스타일을 추구하지 않겠습니다
이제부터 당신 안에서 저의 뜻을 찾아가겠습니다 아멘.'
기도 후 내 안에 깊은 슬픔은 서서히
밝은 빛으로 가득 채워지기 시작했다
이제 폴은 하나님께 맡기고 온전히 신앙 안에서
새로운 삶을 살 수 있게 되기를 염원했다

예수님이 가시관 쓰시고, 무거운 십자가를 지고
올라가신 골고다 언덕, 십자가에 높이 매달리신
골고다 언덕을 오를 때 굵은 눈물이 흘러내렸다

묘지의 정확한 장소는 아무도 모르지만
그곳이라고 알려진 장소에는 성묘교회가
그 자리를 기념하고 있었다
폴의 죽음으로 인해 십자가에 달리신
예수 그리스도의 죽음이 더욱 강렬하게 다가왔다
그리고 아들을 잃은 어머니
마리아의 비통한 심정을 깊이 묵상했다

'마리아 어머니 당신은 아시지요? 아들 잃은 슬픔을'
이번 이스라엘 성지순례는
나에게 있어 깊은 슬픔을 위로받고
내 신앙을 회복하는 기회가 되었고
새로운 계획과 목표를 세우게 했다
앞으로는 '물질적인 부요함보다는 영적인 부요함'을
추구하는 진정한 기독교인의 삶을 실천하기로 다짐했다
앞으로 내게 재산이 생기면
모두 자선을 위해 사용하고 싶었다
재물이 있는 부자가 아니라
내 이웃을 사랑하고 실천하는 마음의 부자가 되어
사후에 천국에서 아들을 기쁘게 만나고 싶다

변화된 삶으로

권구철 목사님의 권유로 캘리포니아 로스앤젤레스
토랜스에 있는 코헨 신학대학원에서 신학을 공부했다
성경을 공부하면서 비유들을 이해하려 했고
강의하는 목사님들과 좋은 관계를 유지했다
교회 안에서 나의 아픈 경험을 나누는 것이
누군가를 위로할 수 있고
도움을 줄 수 있다는 것에 행복했다
영적인 훈련과 활동은 변화된 삶을 견고히 하는데
많은 도움이 되었고 이러한 일들은
폴의 선한 생각을 이어가는
의미 있는 일이라 생각했다

누구든지 자녀의 문제로 힘들어 상담이나
도움을 요청해오면 달려가서 격려해 주었다
그들에게 내 책《하늘로 치미는 파도》를 나누어 주면서
그들이 희망을 품고 살 수 있길 바랐다
내가 그들을 도울 수 있다는 것이
내겐 보람이고 행복이었다
내 책은 신문에서 이미 기사화되었고
한인사회에서도 주목받고 있었다
이를 두고 여러 교회에서 간증 강사로 초청하기도 했다

간증 시간이 되면 매번 시간을 넘기는 일이 다반사였다
주최 측에서 시간이 다 되었다고 알려주기 전까지
계속되는 나의 간증은 어디서나 헌신이었다
여러 사람들이 자신의 힘든 문제로 참석한
사람들은 간증을 통해 자신들의 문제를
극복할 힘과 용기를 얻어갔다
자기 삶은 아직 감사할 것이
많다는 사실을 깨달았다고 했다
감사 인사를 받으면 보람과 행복을 느끼기도 했다

폴의 일은 결국 나를 더 단단하고, 성숙하게 했고
조금 더 온전한 모습으로
이웃을 위해 손을 내밀 수 있게 했다
이런 깨달을 힘과 지혜를 주신 하나님께 늘 감사했다
그리고 폴이 매년 12월에 노숙자들에게
라면과 담요를 공급한 것처럼 나도 그 뜻을 이어
갈 것이라고 하나님께 약속했다

"희생이 없는 사랑은 사랑이 아니다.
내가 잃으면 남이 얻는다"
폴이 행동으로 보여준 팩트이다

이러한 실천적 삶을 가능하게 했던 폴의 내면에
새긴 성경 구절이 있다면 추측하건대
'한 알의 밀이 땅에 떨어져 죽지 아니하면 한 알
그대로 있고 죽으면 많은 열매를 맺느니라.'
요한복음 12장 24절의 말씀이었을 것이다

선교여행에서 만난 하나님의 사람들

변화를 위한 삶의 바퀴를 계속 굴려
이번엔 멕시코로 선교여행을 떠났다
목적지는 미국 샌디에이고에서
남쪽으로 125km 정도
떨어진 곳에 있는 엔세나다
데 토도스 산토스Ensenada de Todos Santos로
'모든 성인의 만'이란 뜻이 있는 곳이다

교회 성도인 안건옥 집사가 픽업트럭에
라면 상자를 가득 싣고 나와 동행해 주었다
차를 몰아 도착한 곳은 엔세나다 외곽의
작고 지저분한 언덕의 판자촌이었다
많은 사람들이 전기나 수도시설이 없는
불편한 삶을 살아가고 있었다
그들이 머무는 곳은 노숙자들의 집처럼
상자로 만든 집이었다

이들이 사는 환경을 돌아보며 세상에 존재하는
엄청난 불평등이 내 마음을 무척 아프게 했다
세계의 최고 부자가 살고 있고
세계에서 가장 부유한 상위 1%에

속한 부자들이 가장 많이 사는 나라 미국
그 나라 옆에 있는 멕시코 엔세나다의
판자촌 사람들 이들의 세상은 불평등을
극명하게 잘 보여주는 현실에서 살고 있었다

멕시코의 산동네 사람들은
우리를 밝은 모습으로 환영해주었다
그리고 우리가 가져간 라면을 받으며 고마워했다
그들은 가난의 대물림 속에 살았지만
착하고 평화롭게 살고 있었다
물질적 가난을 이기는 정신적 만족과 감사가
그들의 모습에서 행복해 보였다

'사람의 행복이란 부요함에만 있는 것이 아니라
순수와 겸손에 있다'라는 귀한 배움이었다
엔세나다 사람들을 위해 헌신하는
송 선교사님 부부를 만났다
두 분은 손수 교회를 짓고 선교센터를 세우셨는데
두 분의 얼굴과 손에는 힘들었던
여정이 흔적으로 남아있었다
그때 인연으로 송 선교사님 부부는 오늘날까지

내가 깊이 존경하고 사랑하는 분들이다
특히 사모님과는 좋은 친구가 되었는데

"우리 집이 내 집인 양 와서 지내세요
여기가 편하게 느껴지면 와서 우리와 함께 살아요."
사모님은 가슴을 열어 정겹게 말씀하셨다
송 선교사님이 하나님께 드린 서원을 지키며
선교사역에 비전을 가지고 열심히 복음을 전하고 계셨다
송 선교사님의 서원은 치명적인 암으로
말기에 이르렀을 때
하나님께서 병을 고쳐주시면 삶을 온전히 주님께 드리고
남은 삶을 주님 사역에 헌신하겠다는 서원을 하셨단다

여행을 다녀왔을 때 내겐 새로운 미션이 도착해 있었다
폴의 일과 나의 변화된 삶을 통해
강연해 달라는 요청이 자주 있었다
그 후 강연 일정으로 텍사스, 플로리다, 서울 등
여러 교회를 방문해
나의 변화된 삶을 전하기도 했다
이런 나의 변화의 중심에는 항상
폴의 선의善意가 함께했다

폴은 내게 자주 자선의 의미를 일깨우는
성경을 읊조리며 내가 겸손한 마음을 가지게 했다
엄마가 자식을 가르치는 것이 정상인데
우리 집은 늘 자식이 엄마를 가르치고 있었다
'너는 구제할 때에 오른손이 하는 것을
왼손이 모르게 하여'(마태복음 6장 3절)

아이들이 반은 하늘에 있고
반은 부모의 가슴에

1993년 1월 23일 자녀를 잃은 한인 부모들과 함께
'하프 문 소사이어티Half moon society, 반달회'를 만들었다
이는 '아이들의 반은 하늘에 있고 반은
부모의 가슴에 남아있다'라는 뜻을 담고 있다

자동차 사고로 두 딸을 동시에 잃은
한 아버지의 제안으로
의미 있는 이름을 가진 자조 모임을 결성하게 되었다
이 모임을 만들기 전 유대인 소사이어티에 가보니
자녀 잃은 분이 의외로 많았다

부모들 앞에는 휴지와 물 한 병을 놓고
죽은 자녀에 대해 이야기를 나누며
울고 위로받는 모임이 정말 좋아 보였다

그래서 이 좋은 모임을 LA 한인사회 안으로 가지고 왔다
앞으로도 계속 자녀 잃은 사람들이 나올 텐데
우리도 자조 모임을 만들어 그들을 위로해 주자는
좋은 취지로 모임을 결성해 월 1회씩 모임을 했다

모임 결성 후 다양한 이유로 아들과 딸이

죽은 부모들이 한자리에 모여 서로 위로하고
아픔을 나누며 삶을 찾아가는
모임으로 그 역할을 해 나갔다
모임 결성 이후 일상의 대부분을
하프 문 소사이어티에 집중했다
회원들 다수는 가족과 직장에 매여 좀처럼
시간 내기가 어려웠고, 그들에 비해 나는 혼자이고
직업이 부동산 중개인으로 매일 출근하지 않아도 되니
다른 회원들에 비해 비교적 시간적 여유가 있었다

폴이 떠나고 거의 모든 비즈니스 거래를 마무리했다
10에이커 12,200평의 땅은 교회에 기증했고
가족 묘지로 마련해 두었던
로즈힐 공원묘지도 다른 교회에 기증했다
폴에게 주려 했던 주식과 펀드도 손해 보고 정리했다
그동안 내가 하던 사업의 대부분을 많이 줄였다
이제는 기독교의 신앙만을 따르면서 한인들을 위한
하프 문 소사이어티에 집중하기로 했다

나는 매일 한국어 신문의 부고란을 꼼꼼히 살폈고
어린아이의 사망 기사가 있으면, 장례식에 참석하거나

꽃을 들고 아이의 부모나 가족을 방문했다
슬픔 당한 그들과 함께 울고 기도하며
나의 아픈 이야기와
이스라엘 성지순례에서 받은 경험을 나누기도 했다

이렇게 슬픔 당한 부모를 위로하고 신앙으로 다시
강해지길 스스로 위로했지만
돌아오는 발길은 폴에 대한 그리움으로
슬픔에 젖어 집으로 돌아와 또 울었다
폴의 죽음에 대한 애도가 아직 끝나지 않았기 때문에
매번 유사한 상황은 선한 의도의 방문이었음에도
내 마음은 깊은 우울로 자살하고픈 충동을 느끼게도 됐다
치유되고 있다고 느꼈지만 유사한 상황을 대면하면
아팠던 그 시간으로 나를 돌려놓곤 했다
하나님에 대한 나의 믿음에도 불구하고 내가 진실로
우울증에서 벗어나는 데는 꽤 긴 시간이 걸렸다

지진 속의 손길, 세상은 혼자가 아니야

1994년 1월 17일 새벽 4시 31분, 단 20초의
강진이 로스앤젤레스를 대혼란으로 빠뜨렸다
LA 북서쪽 노스릿지Northridge가 진원지인
이 지진은 규모 6.7 강진으로 미국 역사상
가장 피해가 큰 지진 중 하나가 되었다
건물이 4만여 채가 파손되고, 60여 명이 사망했으며
5,000여 명이 다쳤고 추정되는
피해액도 200억 달러에 육박했다.

산타모니카는 그나마 지진의 진원지에서
떨어져 있지만 기반암보다 덜 단단한 토양에 있어
지진이 진행되는 동안 심한 지반 진동을 겪어야 했다
나 역시 이 심한 진동에 결코 예외가 아니었다

새벽에 잠을 자다가 침대가
엄청난 진동으로 흔들리는 바람에
몸이 갑자기 공중으로 솟았다가
카펫 바닥으로 사정없이 떨어졌다
아찔한 순간이었지만 정신을 차리고
팔과 다리를 만져보았다
통증이 느껴지는 부분이 다행히 없었다

근처 전압기가 터졌는지 밖은 칠흑같이 어두웠다
사방이 깜깜해 난감해하고 있을 때 방바닥에
무엇인지 모를 환한 빛이 눈에 들어왔다
플래시라이트가 떨어지면서 켜진 불빛이었다
평소 창문 바로 옆의 벽에 걸어두었는데
지진에 흔들려 바닥에 떨어진 것이었다
나는 폴이 그 플래시라이트를 걸어둔 그때를 떠올렸다

"엄마, 비상시를 대비해 반드시
플래시라이트를 가까이 준비해두어야 해,
엄마가 쉽게 찾을 수 있도록 여기 창문 옆에 걸어둘게."
폴이 내게 일러 주었던 말이 기억났다
배려심 많았던 착한 아들이 엄마를 위해
예비했다는 생각에 폴이 고맙고 너무나 보고 싶었다

"폴, 지금 네가 필요해 바로 내 옆에 있어 줘
넌 지진을 무서워하지 않았잖니 지진이 오면
흥분되고 재미가 난다고 했지, 와서 날 좀 도와줘!"
잠시 후 폴이 내 가슴안에 있다는 생각에 이르자
아무것도 무서워해서는 안 되겠다는 생각이 들었다
나는 '괜찮아 괜찮아' 내 마음에 용기를 불어넣었다

"폴, 엄만 지금 무섭지 않아!"
그때 갑자기 쾅쾅! 하고 현관문 때리는 소리가 요란했다
누군가가 나를 부르는 소리도 들려왔다

"리사! 리사! 괜찮아요? 밖으로 나와야 해요.
안에 있으면 위험해요."
이웃에 사는 아는 분이
우리 집 문 앞에서 나를 부르고 있었다
세상은 나 혼자 있는 것이 아니었다
공포에 떨고 있는 나를 챙기러 와 준
하나님의 보냄 받은 천사가 아닌가 싶었다

LA 1월의 날씨는 제법 쌀쌀했다
어떤 사람들은 맨발로 뛰어나와 오들오들 떨고 있었다
나는 양말과 신발도 신었고 코트도 들고 나왔다
나는 다시 아파트로 들어가 담요와 옷을 더 가지고 나와
테넌트들에게 나눠주었다
여진이 계속되는 근처를 둘러보니
우리 아파트 뒤쪽에 있는
건물은 불에 타서 거의 전소되고 있었다
불행 중 다행으로 우리 건물은 불이 나지 않았으나

건물의 기초까지 심각하게 파손된 피해를 보았다
하지만 아파트의 세입자 모두가 안전했고
인명 피해도 없어서 나를 포함하여 다치지 않고
모두 살아 있음에 하나님께 감사의 기도를 드렸다

아픔이 있는 곳에 위로를

"당신의 아이들과 주위에 있는 사람들을 사랑하세요
 당신의 사랑을 다른 사람들에게 나눠주세요."

자녀들 문제로 고통받는 부모들을 상담하며
내 아픈 경험이 차츰 녹아드는 것을 느꼈다
내 책 《하늘로 치미는 파도》가 사람들에게
마음의 변화를 주고 상담을 요청해왔다는
사실이 나를 기쁘게 했다
실제로 자녀의 문제를 상의하고 조언을 구하려
여러 명의 부모가 연락을 해왔다
자녀 문제로 고민하는 부모들이 가진
문제의 유형은 다양해 그들을 대할 때마다
지혜를 주시길 기도해야 했다

자동차를 훔쳐서 교화소로 보내진
10대 탈선 자녀의 어머니
친구를 죽이고 장기복역수가 된 아들을 가진 어머니
아들을 갱 단원의 총격에 잃은 어머니
가족과 친구들의 돈을 훔친 마약중독자의 어머니
13세에 임신한 딸을 가진 어머니
아이가 코마 상태에 빠져 고통스러워하는 어머니

안 믿는 사람들을 전도하다가 자신이 냉담자가 된 어머니
가족과 소통의 단절로 자살을 시도하는 딸의 어머니

나의 거듭난 신앙의 힘은 그들을 위로하고
따뜻하게 격려하는 데 큰 힘이 되었다
이들에게 내 마음의 변화를 체험했던
성지순례의 경험을 들려주었다
통곡의 벽, 골고다 언덕, 갈릴리 호수의 성수
빛나던 소금꽃들에 관해서도 이야기해주었다

나는 그들의 내밀한 고통을 끌어안고 도전과 용기를 주는
것이 진정한 크리스천의 길이라고 생각했다
그들에게 더불어 강조했던 것은
"사랑은 영혼의 나무를 키우는 비료입니다."
아이들은 반항적이 될 수 있고 때론 온 가족에게
큰 혼란을 가져다줄 수 있지만 아이들과 부모들 모두는
많은 사랑을 주고받아야 한다는 것을 힘주어 말했다
사랑은 아무리 퍼주어도 바닥이 없어 좋았다

《나비야 청산가자》

1993년 남동생은 시간을 내어 나와 함께
'라디오 코리아'에서
주관하는 남미 여행길로 위로의 여행을 떠났다
브라질 리우데자네이루 예수 동산과 코파카바나 해변의
호텔 갤러리에서 문학 강연의 강사로 초대된
시인 조병화 선생님을 처음으로 만나게 되었다
지금은 고인이 되신 조병화 선생님을 우연히 뵈었을 때
남동생이 마침 여행 중 읽느라 가지고 있었던
《하늘로 치미는 파도》를 조병화 선생님께 드렸는데
그 책을 보시고 '내 생애에 읽은 책 가운데 가장 아름답고
슬픈 내용'이라 하시며 내게 이렇게 당부하셨다

"리사 여사, 상심이 크겠지만 세계 여러 나라로
여행을 다니면 마음이 많이 가라앉을 겁니다
미처 발견하지 못한 진실과 믿음이 당신의
무거운 슬픔을 정화해 줄 것이고 내 말을 믿으세요
그리고 글을 쓰세요, 시나 수필보다 폴이 선한 봉사한
아름다운 일들을 이야기로 엮어서 소설을 써 보시오
꼭 쓰길 부탁드려요."

나는 조병화 선생님의 조언을 귀담아 두었고
폴의 이야기는 소설의 형식을 빌려 1995년 10월

《나비야 청산가자》라는 제목으로 출간이 되었다
제목은 폴이 가장 존경했던
김동길 교수님께서 지어 주셨고
조병화 선생님께서 추천글을 썼고
표지 그림도 손수 그려주셨다

'나는 이 글을 읽으면서 눈물 없이는
읽어 내릴 수가 없었습니다
그러면서 그곳에서 받은 것은 진실한
어머니의 교육과 사랑, 아들의 순진한 성장,
그리고 우리 주변에 나타나고 있는
청소년 문제들이었습니다
미국에 멀리 이민해서 겪는 가정과 학교
그 사회에서의 자녀교육, 이 힘든 생활 상황이
이 책처럼 적나라하게 그려져 있는
책자도 아마 드물 것입니다.'

조병화 선생님의 조언으로 출간된 자전적 소설인
폴의 이야기가 절절하게 대중에게 다가갔고
책의 수익금 전액은 폴 추모재단에
장학금으로 기부되었다

인생 이모작을 준비하다

폴이 떠나고 글을 쓰면서
내면의 아픔을 붓끝으로
쏟아내기도 하고
여행하며 상처를 치유 받기도 했다
그렇지만 남은 생을 잘 보낼 수 있는
준비가 필요했고
폴과의 추억이 가득한 산타모니카를
눈물을 머금고 떠나
1999년 행콕팍으로 이사하면서
새천년 새해 계획을 세웠다

30대 초반에 이민 와서 그동안 일과 관련하여
부동산과 영어를 공부했고
중간에 사진에 대해 배운 것 외에는
지금까지 오직 일에만 몰두했다
이제 인생 후반전을 준비하기 위해
다시 한번 배움에 도전을 해보기로 했다

2000년 1월 3일 봄학기에
LACC Los Angeles City College에
입학해서 12학점을 신청했다

LACC는 LA 중심가에서 5마일 정도
떨어진 할리우드 근교에 있는
종합 전문대학으로 준학사 학위 또는 자격증 취득과
4년제 대학 편입이 가능한 학교였다
편입이 가능하므로 내가 원하면
미국은 공부의 길이 넓게 열려 있었다

신청한 12학점은 교양과목부터 시작해야 했는데
생각처럼 쉽지 않아 괜한 일을 시작했나
싶기도 했지만 마음만은 절대로 포기할 수 없었다
어려운 일이 다가올 때마다 포기할 수는 없지 않은가
교양과목인 영어, 수학, 과학, 역사학, 사회학,
체육 이론은 다른 학생들의 도움을 받았다
나머지 실기인 그림, 사진, 피아노,
그리고 영어 기초 ESL English as a Second
Language도
할 수 없을 것 같은 절망감을 느끼면서도
끝까지 도전했다
폴에게 '엄마도 할 수 있다는 것'을 보여주고 싶었고
대신 공부해서 졸업장도 안겨주고 싶었다
해마다 폴을 만나러 용인공원묘지에 갈 때

내가 1년 동안 열심히 살았던
결과물인 일기문집 서간문집
산문시집 등을 출간해서 상석에 올려놓았다

어려운 공부로 심적인 고통이 느껴질 때
나는 기도로 이 난국을 헤쳐가기로 하고
나만의 여러 가지 방법들을 찾았다
기도 중에 '하루에 주기도문을 3백 번씩
1년을 드리겠다'고
하나님께 서원기도를 드렸다
300번 숫자 세는 것을 고민을 거듭하다
발가락으로 하다가 손가락으로 해결 방법을 찾았다

엄지에서 시작해서 엄지까지 가면 열 번이고
돌아오면 스무 번이니 다섯 번 오가면 100번이었고
열다섯 번 오가면 300번이었다
그렇게 해서 나는 1년 동안 하루에 300번씩
그분에게 드렸던 내 일방적인
약속의 주기도문을 지켜냈다
내가 살아오면서 가장 긴 시간과
많은 양의 엄청 힘든 인내를 기르는 약속이었다

이 약속을 지키느라 앞으로
서원을 할 때는 신중히 해야겠다는
교훈을 얻었고 하루 300번 365일
기도는 내 인내의 절정이었지만
평생을 두고 귀한 추억이 되었다

전공은 영문학을 하고 싶었지만
나는 어학에 소질이 없었고 사진과 미술 중
고민하다가 미술로 마음을 정했다
내가 나를 잊고 그림에 몰두하는
시간이 16시간이었던 적이 있을
정도로 깊이 몰입하며 작업했다
캔버스 그림 속의 새로운 세상은 나를 잊고
내 상처를 아물게 하는데 큰 도움이 된 것 같다
2년 과정이었던 LACC와 4년 과정이었던
AIU를 6년 6개월 만에 졸업했지만
셰익스피어 문학과 미술은
공부할수록 내겐 어려웠다
LACC에서 받은 학점 가운데
사진 공부한 것이 가장 많았다

두 곳의 학교를 그것도 우등으로 졸업하여
영광스럽게 졸업생 대표로 연설할 기회가 있었지만
영국으로 여름학기를 떠나야 해서
다른 학생에게 양보했다
그리고 대학에서 6여 년 시간 동안 영어 교수인
조 라이언Joe Ryan 교수와의 인연은 가장
기억에 남는 나의 인생 이벤트가 되었다

조 라이언 Joe Ryan 교수와
대학 영어교재 출판

어느 날, 영어 수업 시간에 교수님은 학생들에게
자기소개서를 과제로 주셨다
나의 과제는 이민자의 애환을 그린 나와 아들의
이야기와 옷장 속에 잠자고 있는《나비야 청산가자》
영어 번역본 원고 내용이었다
숙제를 제출하고 1주일이 지났을 때
라이언 교수님이 수업이 끝난 뒤
나를 잠깐 보자고 하셨다
"LISA, 옷장 속에 잠들어 있는 원고
깨워올 수 있나요?"
몇 달 뒤 교수님은 그 원고는
장소와 시제에 연결성이 없고
도무지 이해할 수 없는 글이라
그대로 출간하는 것은 불가능하니
다시 써 보는 게 어떤지를 물으셨다
나는 머리를 흔들며 그 앞에서 거절했다

"왜? 책을 쓰라고 하는지 이유는 모르겠지만
영어를 못해서 영어를 배우고 있는 학생에게
영어로 책을 쓰라는 것은, 하늘이 웃고 땅이 웃고
내 양심이 웃는 일이라 절대로 못 써요."

나는 못 해요, 못 써요, 절대로 못 해요,로
열 번도 더 완강히 거절했다
나는 폴이 가고 8년 정도의 세월을 낭비해서
기회가 와도 예스나 오케이로 답할 수 없는
준비 안 된 내 모습에 크게 실망하고 말았다

8년이란 허송세월을 영어 공부를
충실히 다졌으면 좋은 기회를 놓치지 않았을 거라
자책하며 속상해했다
그 후로도 나를 볼 때마다 계속 책을 내자고 권해서
나는 스트레스를 받아 한 번도 결석하지 않았던
두 주간을 라이언 교수님의 강의실은 쳐다보지도 않았다
내가 하고 싶어도 할 수 없는 일을 자꾸만 하자고 해서
스트레스를 받아서 그 상황을 피하고만 싶었다
두 주나 결석한 내게
친구가 집으로 와 교수님의 말씀을 전했다

"한 번도 결석하지 않던 학생이 2주간 결석했으니
어디가 아픈지 가 봐라."고
라이언 교수님이 걱정해서 왔다고 했다
다음 날 학교에서 교수님을 뵈러 연구실로 갔다

〉
"리사, 그동안 결석을 전혀 안 하던 학생이
왜 결석했어요?"
"제가 책 때문에 스트레스를
너무 많이 받아서 오고 싶지 않았어요."
그런데 또 책 이야기를 꺼냈다

교수님은 과제처럼 짧게 작문해오면
교정해 주겠다는 제안까지 했다
그런 배려에도 나는 여전히 내가
해낼 수 있다는 확신이 없었다
미술 전공이라 과제 하는 시간이 오래 걸리고
도저히 바쁘고 힘들어서 안 되고
영어로 책을 쓴다는 것은 시간도 없고
나는 교재를 쓸 정도의 그릇이 안 된다고
완강히 거절할 수밖에 없었다
거절하려고 마음을 가지니 이유도 핑계도 많아졌다
그런데도 교수님은 한 발짝도 물러서지 않았다

"나도 바쁘지만, 나도 내가 왜 이러는지 모르겠어요,
리사가 내 형제나 친척도 아닌데 말이죠

누가 위에서 나에게 이 일을 시키는 것 같아요."
교수님은 책을 꼭 써야 하는
이유를 이해할 수 있게 설명해 주었다

"요즘 세상에 어떻게 폴 같은 아이가 있을 수 있어요?
폴처럼 아르바이트해서 노숙자들 돕고
교회나 병원과 경찰서에서
봉사하는 청년이 어디 있어요?
지어낸 이야기도 아니고
모두 기사화되어 검증된 사실이니
폴의 이야기를 교재로 만들어
학생들을 가르치고 싶어요
그리고 LACC는 외국에서 오는 학생이 많으니
이처럼 훌륭한 폴의 이야기를 통해
본받을 수 있도록 꼭 교재를 만들었으면 해요."
'우리 아들 폴의 라이프 스토리가 미국대학에 교재로…'

교수님이 더 간절히 원하는 이상한 상황이 되었다
책을 교정하는 것이 힘든 작업일 텐데
마치 사명을 받은 사람처럼 진지하고 목적이 분명했다
'내가 하려고 하는 것도 아니고

남들은 책을 내고 싶어도 될까 말까 한데
나에게 조병화 선생님께서 책을 내라 하시더니
이번에는 미국 사람인 라이언 교수님까지
책을 내자고 하니 이게 무슨 상황인지.' 정말 얼떨떨했다

잠시 후 교수님의 계속된 권유와 이 모든
일련의 상황이 선한 영향력을 위해 협력하는
하나님의 뜻이 아닐까 하는 생각에 이르렀다
책을 통해 학생들의 가슴에 폴이 다시 살아난다고
생각하니 꼭 해야겠다는 마음의 다짐까지 하게 되었다
나는 그 자리에서 앞으로 많은 어려움이 예상되지만
교수님께 해보겠다는 확답을 드리고 말았다

"교수님 자신이 없지만 써 보겠습니다
우리 폴을 위해서라도 꼭 하겠습니다."

교수님은 나의 힘든 결정에
열심히 도와주겠다며 격려해 주셨다
그날부터 집에 와서 사전이란
사전은 모두 펼쳐놓고
지난날 열심히 공부하지 않았던 나 자신을

후회하면서 눈물의 작업을 시작했다
영어가 어려워 고통스러웠고
아들의 죽음을 다시 대면해야 하는
괴로움을 수반하는 과정의 연속이었다

라이언 교수님은 교정을 보시면서 중간중간
대학생들에게 가르치며 학생들의 반응을 보았는데
학생들의 반응이 정말 좋다고 하셨다
나에게도 학생들의 위로와
감사의 편지가 끊임없이 날아왔고
무엇보다 보람을 느꼈던 것은 학생들이
'책을 통해 얻은 용기로 어떤 어려움도 이겨 내겠다.'는
내용의 편지를 받았을 때 마치 힘들었던
시간이 보상받은 느낌처럼 보람되고 뿌듯했다
'젊을 때 준비하면 기회는 여러 번 오는데
더는 후회하지 않게 열심히 준비하며 살아야 한다.'

이 말은 젊은 시절 준비하지 않으면
여러 번 기회가 와도 잡지 못한다는 의미로
내가 영문 원고를 쓰면서 뼈저리게 느꼈던 체험으로
젊은이들에게 하고픈

보석 같은 체험이기 때문이다
내가 써간 영문 원고를 조 라이언 교수님이
교정하는 시간이 4년 이상 지나고
마침내 2002년 시작된 원고 작업이 2005년
복사 용지로 바인딩 북이 만들어졌고
영어 클래스 학생들의 반응이 좋아서
추가 교정을 거쳐서 309쪽의 영문 산문집
《The Rich Boy Stands There Always》가
2006년 정식으로 출간하게 되었다

LACC의 80년 역사상 이 대학에서
재학생이나 졸업생이 쓴 책을
대학 필수 영어 교재로 채택된 경우가 처음이라는
영어 디파트먼트 학장님의 축하 인사에
나의 인생에 정말 의미 있고
영광스러운 일이란 실감을 했다

출판 기념회와 북 사인회는 LA 시티 칼리지 LACC
다 빈치 갤러리에서 학교 주최로 진행되었고
200여 명 참석자는 기립 박수로
책 출판을 진심으로 축하해 주었다

〉
나는 인사말을 하는 자리에서 너무 떨려 책 제목
《The Rich Boy Stands There Always》를
기억하지 못하는 해프닝이 있었다
재판 인쇄 때는 《The Rich Boy》로 책 제목을 바꾸었고
그 뒤로는 기억하고 전달하는 데 전혀 문제가 없었다
이 모든 일이 가능하도록
헌신과 지도와 격려를 아끼지 않았던
조 라이언 Joe Ryan 교수님은
한 신문인터뷰에서 교재 집필과 관련하여
대학 교재로 채택하게 된 이유를 이렇게 밝혔다

"힘겨운 이민 생활을 견뎌 나가며
사랑으로 키워낸 착한 아들의 봉사와
믿기 힘든 사고로 숨지고
감당하기 힘든 슬픔을 믿음으로 극복한
리사리의 삶은, 힘들게 공부하는 학생들이
꼭 배워야 한다고 믿었기에 책으로 만들자고 했고
누구의 반대도 없어 교재로 채택했다."라며
"이 책은 리사리의 노력의 결과물이고
나는 조금씩 교정해줬을 뿐"이라며 겸손하고

품격있는 스승의 모습이 엿보이는 인터뷰를 하셨다

영문학을 전공한 조 라이언 교수님과
영어 수업의 인연은
'모두에게 선한 영향을 준다.'라는 처음 시작했던
마음에 일치하는 열매를 맺게 되었고
긴 시간을 돌아보니
그 뜻이 더욱 명확해지는 것 같았다
내 인생에 가장 큰 선물을 해주시고
가장 보람된 일을 하게 해주신
조 라이언 교수님의 응원과 격려가 없었다면
이 책은 세상에 없었을 것이다

교수님께서 베풀어 주신 은혜에
머리 숙여 깊은 감사를 드렸다
이후 책을 판매한 수입금은 LACC의
장학재단을 만들어 기증했다

AIU-LA 편입과 AIU-London 연수

LACC의 2년 과정을 졸업하고
4년제 대학으로 편입할 자격을 얻어
몇몇 대학에 지원했다
몇 개의 학교에서 합격통지서를 받았으나
나는 AIU American International University를
선택했다
전공과목인 파인아트가 시작되자
물 만난 물고기처럼 자유롭게 유영하며
밤낮으로 그래픽과 오일 페인팅으로 그림을 그렸다

낮에는 학교에서, 밤에는 학원에서
그리고 집에서도 그림에 몰입했다
전시회 준비로 쉬지 않고
16시간씩 그려도 지치지 않았다
사랑하면 미친다고 했던가? 내가 딱 그 모양이었다
창고와 온 집안에 그림이 쌓이기 시작했고
서울 사는 친구가 갤러리 오너를 소개해 주겠다면서
서울 나와서 개인전을 열라고 권유도 했다

2006년 5월 AIU-LA의 리처드 교수님이
'올 A로 졸업하게 되었다.'며 전화로 축하해주고

졸업생 대표로 연설하라는 기쁜 소식을 전해주셨다
우수한 성적도 좋은데, 졸업생 대표 연설이라니!
나는 일어나 혼자서 헨델의 할렐루야를 부르며
신나게 춤을 추면서 자축했다

졸업 연설은 얼마 후 영국으로 연수 갈 준비와
다른 일 때문에 준비할 수 없어
다른 학생에게 졸업 스피치를 양보했다
젊은 학생들은 졸업생 대표로 연설하는 것을
얼마나 큰 영광으로 생각하는지 또한 대학원에 가거나
직장을 구하는 프로필에도 오를 만한 일이 아닌가
나는 BFA Bachelor of Fine Arts 학사과정 2년 코스를
1년 만에 졸업할 정도로 정말 그림을 사랑했다
미치고 미치도록 그림을 사랑했다

2006년 6월은 AIU-LA 졸업식과
책《The Rich Boy Stands There Always》
출판 기념식이 동시에 있어 나에게는 겹경사였다
성대하게 출판기념식이 있었던 다음 날
나는 지체하지 않고 런던으로 날아갔다
AIU-London(American Intercontinental University-London)

브리티시 박물관학, 셰익스피어 문학, 그리고 아트폼art form
사진학 강의를 빨리 듣고 싶어서 마음이 급했다

두 달의 연수기간 대학 기숙사에 머물며
아들 나이의 젊은 학생들과
함께 생활하면서 좋은 추억을 많이 쌓았다
딸처럼 챙겨주니 학생들과 잘 지내게 되었고
나를 좋아해 셰익스피어 글로벌 극장이며
로열 오라 하우스, 코벤트 가든
심지어 디스코텍까지 데리고 다녔다

런던 연수 중에 내가 가장 좋아했던 것은
현대전문미술관인
테이트 모던 박물관Tate Modern Museum에서
칸딘스키의 '추상의 길'이란 기획전을 볼 수 있었고
칸딘스키의 그림은 빨강, 노랑, 파랑으로
몽환적인 컬러와 추상의 난해한
곡선과 직선이 마치 갈등 없는
영혼처럼 조화를 잘 이루고 있었다
감상하는 동안 내 영혼이 마치 화가와
그림을 만나 사랑을 나누는 것 같았다

그리고 '로열 오페라하우스'에서
푸치니의 마지막 작품인
오페라 '투란도트'를 감상하며
눈물을 흘리기도 했다

두 달의 연수 기간은 꿈처럼 지나갔다
영국식 발음이 이해되지 않아
강의 수강에 애를 먹었고
매일 지하철을 잘못 타서
헤매던 일들이 있었지만
그래도 고생과 배움을 통해
얻어지는 결과는 나를 흐뭇하게 했다

건물을 정리하여 공부에 투자한 것은
정말 탁월한 선택이었고
소유의 삶보다
존재의 삶이 훨씬 풍성하다는
값진 깨달음을 얻을 수 있었다.

캘리포니아 주립대학 노스릿지에서

런던에서 꿈같은 연수를 다녀와
앞으로 인생 후반에 대한 계획을
여유를 가지고 충분히 생각했다
인생 후반 남은 시간은 봉사의 생활을 할
준비과정으로 계획을 결론지었다
졸업했던 AIU-LA에서 성적증명서와
졸업증명서를 준비해서
캘리포니아주립대학교
노스릿지California State University- Northridge 대학원으로
교수님의 추천서 두 통과 함께
응시원서를 접수했다

며칠 후 학교에서 담당 교수로부터
몇 번의 어려운 실기시험을 치렀다
그리고 학교에서 지정해 주는 날
16점의 그림을 가지고 가서
6명의 교수님으로부터 그림 평가도 받았다
며칠 뒤 합격통지서를 받고
어린아이처럼 뛰면서
얼마나 기뻐했는지 모른다

대학원에 다니면서부터
마음의 여유를 가지고
주변을 돌아보며 봉사에 신경을 썼다
지역사회에 도움이 필요로 하는
곳을 찾아 돕기도 하고
무기수에게 편지 보내는 일도 시작했다

하루는 선배 봉사자를 따라
벨 요양병원을 방문했다
대부분의 노인은 어린아이처럼
기저귀를 차고 있었고
자식들이 찾아오기를 기다리고
하루하루를 보내고 있었다
어르신의 바람과 다르게 현실은
자식들이 바빠서 자주 오지 못했다

부모는 그래도 자식에 대한
기다림으로 살아가고 있었다
윤 할머니가 '자식보다 낫다.'면서
내 손을 꼬옥 붙잡고
조금만 더 있다 가라고 하셨다

할머니의 원대로 한참을 더 있으면서
다가올 미래의 나를 바라보게 되었다

'나는 훗날 누굴 기다리고
그리워하며 살게 될까?
슬픈 그림자가
가슴을 가르며 지나갔다.'
봉사와 함께 진행했던
대학원 공부는 파인아트로 수료하고
집에 큰 화재가 나는 이유로
집에 머물 수 없어서 졸업은 하지 못했다
화제 후 오랜 세월 해외여행을 하며 떠돌았다

1년 후 화재의 수리와 내음이 제거되고
나는 틈틈이 그림을 그렸고 개인전과 단체전
전시회를 하면서 그림 판매
금액을 기부하기도 했다

클레어몬트 신학대학원에 장학금 기증

2007년 3월 월셔가
리&리 갤러리에서 2005년부터
그린 유화 작품 40여 점을 전시하면서
특별한 이벤트를 진행했다

폴의 교육을 위해 준비했던
교육채권이 만기가 되어
3만 6,500달러 수령액 전액을
클레이몬트 신학대학원에 한인
장학생을 위해서 기증과 전달식을 했다

'처음으로 목돈을 받자
개인용도로 사용할까 고민도 했지만
폴이 어렵고 힘든 사람들을
돕던 모습이 떠올라
전액 장학금으로
기증하기로 마음먹었다.'라며
나의 마음을 장학금 전달 소감으로 밝혔다

사실 1992년에 폴의 대학 입학
준비자금 1만 5,000달러도

신학생들을 위해 폴의 이름으로
신학교에 장학금을 기증했다

1993년 변호사의 도움을 받아
'폴 유빈 리 메모리얼 장학재단'을
캘리포니아주에 정식으로 신청해서 설립했다
몇 년 후 세금 감사를 받으라는
국세청의 우편물이 도착했다
알고 보니 비영리장학재단으로
신청했다는 것이 영리장학재단으로
잘못 허가가 나와서 문제가 되었다

세금으로 낸 금액보다 장학금을 준
액수가 더 많다는 게 문제였다
내가 절약해서 생활하고
모은 돈을 장학금으로 주는 것이
세금 감사를 받아야 할
어이없는 일이 생겼다
세금 감사에 따른 자료 증빙을 위해
시달렸던 나는 극심한 신경성 스트레스로
이명증에 걸렸고 치료가 잘되지 않아

지금까지 지속적인 고생을 하고 있다

세금 감사가 끝난 뒤 재단에 남은
잔고를 클레어몬트 신학대학원에 있는
폴의 장학재단으로 양도했다
한국 학생들을 위해 사용해 달라고
당부하는 내용의 편지와 함께 취지를 전달했다
영문 자전소설《더 리치보이 The Rich Boy》
개정판을 출간하여 대학에 1,000권을 헌정했다

작가의 삶으로 '리사의 해'

폴을 잃은 아픈 상처를 화폭에 담아내고
글로도 풀어가던 2009년은 미주 한국일보에서는
나의 연이은 수상 소식을 두고
'리사의 해'라고 불렀다

2008년 봄에 미주 한국일보에서
진행한 문예 공모의 생활 수기 부문에서
폴이 떠나고 새로운 삶을 찾아가는 모습을
그린 논픽션《전반전 하프타임 후반전》이
최우수작으로 당선되었다

이듬해인 2009년 4월은 창조문학
제71회 신인상 소설 부문에
단편《아파트》가 당선되어 이를 계기로
소설가로 등단하게 되었다
여름에는 문학일보 신춘문예에서 당선됐고

소설《밀가의 아리아》로
2009년 9월에 크리스천 문학
작가상 본상을 수상했다
《밀가의 아리아》는 인간적 사랑으로

신앙에서 오는 죄의식 사이에서 갈등하는
가톨릭 신부와 여인 사이에
극심한 심리적 혼란을 겪지만
결국은 높은 신앙의 경지로
나아간다는 내용을 담고 있다

《밀가의 아리아》의 책 표지는
내가 직접 그린 그림으로
의미가 많아 오래 기억되는 책이다
또한 미국의 퍼블리시 아메리카Publish America에서
《밀가의 아리아Milcah's Aria》
영역판도 출판되어 사랑을 받았다

겨울에는 신동아가 주최하는
제45회 논픽션 공모에서
우수작으로 《레퀴엠》이 당선되었다
《레퀴엠》은 폴이 있는 용인 묘지에서
무덤을 개장하고
화장해 분골을 가져오면서
지난날의 회상과 치유의 여정을 담았다

이 글에서는 폴의 아픈 상처를 감추기보다
아픔을 고스란히 드러내는 치유의 글을 썼고
그 해 신동아 12월호에 당선작이 실렸다
2009년은 봄부터 겨울까지
글 속에서 살면서 폴로 인한 아픔이
내 삶의 용기가 되고
활력이 되어 준 특별한 해였다

산타모니카 바다로 보낸 폴

2009년 5월 26일 오후 3시
육신으로 18년의 삶과 유해로
지낸 세월은 이제 분골이 되어
작은 나무상자 함에 담겼다
인간에게는 선택할 수 없이 주어진
탄생과 거부할 수 없는 죽음이 있다

단지 우리는 그사이만을 살아갈 뿐인데
나의 인생은 기쁨은 잠깐이고
길고 긴 아픔의 세월이었다
흔히 위로의 말로 '죽음은 새로운 시작이고
육신의 옷을 벗은 것이지 영혼은 살아 있다.'고 했다
그래서일까?
나는 자주 폴에게 내 생각을 전하기도 하고
묻기도 하면서 폴의 존재를 인정하며 지낸다
미국으로 출국하기 전 폴의 분골함을 백팩에 넣어
아이처럼 등에 업고 평소 폴이 좋아했던 용인에 있는
놀이동산을 '폴이 좋아할 거야.'라는 생각에 온종일
다리가 아프도록 피곤한지도 모르고 돌아다녔다

출국날 폴은 내게 업혀서

마지막으로 한국 하늘을 보았고
그리운 산타모니카 집으로 돌아왔다

출국하기 얼마 전 내 신경이 날카로워져
항상 가까이서 내게 아낌없는 사랑을 주는
남동생 부부에게 거침없이 가시 돋친 말을 하는
내 모습에 나도 놀라곤 했다
아무래도 신경과 진료를 받아야겠다고 생각하고
동생 부부와 내 상태를 인정하며
진솔하게 이야기를 나누었다
남동생과 함께 건강 검진을 받아보기로 하고
출국을 앞두고 있어서 빠른
일정으로 예약해서 검진을 받았다
한국은 건강검진 결과도 매우 빨리 나왔는데
채 일주일도 안 걸리는 것을 보고
미국의 의료시스템과 비교하면서
역시 의료시스템은 한국이 최고라는 생각을 하며
의사와의 만남을 기다렸다

종합건강검진 결과 동생은 5년 전에
신장 하나를 절제했고

남은 한쪽에도 종양이 있다고 했다
심장도 조만간 시술이나
치료를 받아야 할 상태였다
나는 갑상샘에 종양이 있고
갑상샘암 소견이 있어 조직검사를 제의했다
나는 '출국을 앞두고 있으니 다시 방문하겠다.'고
병원을 나왔다.

며칠 후 폴의 분골을 가지고
산타모니카 집으로 돌아가 폴이 좋아했던
산타모니카 바다로 반을 떠나보냈고
반은 현재도 내 곁에서 나와 함께 살고 있다
서울에서 진단받은 후로 병에 대해서
완전히 잊고 구제 선교 여행을 떠났다

아프리카 7개국을 다니고
인도와 네팔 선교여행에서도
피로감을 심하게 느껴도 내가
나이가 드는가 보다 하고
갑상샘암에 대한 생각은 전혀 하지 못했다

가끔은 망각이란 단어가
얼마나 좋은지 모르겠다
내가 암이란 것을 의식했으면
그 무거운 이민 가방 같은 짐을 끌고
어떻게 구제 선교를 갈 수 있었을까?

《어머니, 어머니 나의 어머니》

미국에서 43년의 세월을 정리하고 내 고향
부산으로 2017년 4월에 삶의 둥지를 옮겼다
호흡하고 활동했던 추억이 깃든 미국에서
떠나오기 전 마지막 순례 여정을 다녀왔다
6년 동안 성모마리아의 발현지와 국내외
성지를 다니며 쓴 체험 여행기를 2018년에
《어머니, 어머니 나의 어머니》라는 제목으로 출간했다

성모마리아가 발현한 곳을 따라 순례의 여정을 담았다
예수님의 육신의 어머니 마리아,
그 아들 예수를 고통으로 떠나보낸
비통한 심정을 아는 분만이
나의 고통을 위로해 주시리라 생각했다

한국으로 역이민하기로 마음의 준비를 하고 있을 때
2010년 1월 12일 오렌지카운티에 있는
피정의 집에서 침묵의 피정이 있었다
'엠마오로 가는 제자'에 대한 침묵의 묵상을 주제로
서강대 이영석 신부님께서 일정을 진행했다
저녁 시간 각자의 처소에서 홀로 기도하는 시간에
'성모님, 당신만이 저의 고통을 이해할 수 있으니

어찌하면 이 고통에서 벗어날 수 있는지 알려 주세요.'
간절히 눈물로 기도하다 쓰러져 잠이 들었다

나는 이스라엘의 많은 군중 속에서
하늘을 올려다보며 기도하는
무리 가운데 한 점 같은 존재였다
하늘 높은 곳에 예수님과 성모마리아가
금빛 왕관을 쓰고 나란히 서 계셨는데
잠시 후 하늘로부터 내려오시다
중간쯤 멈추시더니 성모님이
내게 올라오라 손짓하셨다
순간 내 몸이 얇은 시폰 옷을 입고 나비처럼 나폴나폴
날아올라 성모님 앞에서 멈추었다
그때 성모님이 두 팔로 나를 꼭 안아주셨다

그러면서 나는 잠에서 깨어났다
기쁜 감동과 황홀한 기분으로
창가로 가 새벽하늘을 올려다보니
무수히 많은 찬란한 별들이 반짝반짝 빛나고 있었다
폴의 별을 찾으며 한참 동안
기쁨과 감사가 넘치는 시간을 보냈는데

그날 아침은 참으로 더디고 시간이 가지 않았다
기다리던 아침이 오고 면담 시간이 시작되었다
꿈 이야기를 신부님과 나누었는데 놀라시며
그런 꿈을 한 번도 꾼 적이 없는데
내가 그런 꿈을 꾸어야 하는데
하시며 좋은 꿈이라고 부러워하셨다
지금도 그 꿈을 생각하면 구름 위를
걷는 것처럼 기쁘고 마음이 설레인다

그 꿈을 꾸고 난 후 나는
성모님이 발현하신 곳을 찾아
떠나는 순례 여행을 시작했다
수년간의 순례는 해외와 한국의
성지를 직접 다니며 기록했고
여행기를 2015년 미국에서 출판하여 성당에 기증했다
2017년 한국으로 돌아와 재출간하여
해운대 성가정 성당에 기증했다
《어머니, 어머니 나의 어머니》
책을 미국에서 출간하면서
작가 프로필을 넣거나 저자 사인을
전혀 하지 않았는데 사연이 있었다

〉

미켈란젤로가 16C 초 시스티나 성당에
천장화 '천지창조'를 그릴 때 이야기다
천장화를 그릴 때 사다리를 타고 작업대 위에서
목을 뒤로 젖히고 그리는 고된 작업을 해야 했다
이 작업은 무려 4년 정도의 시간이 걸렸고
미켈란젤로는 오직 그림에만 몰두했다
마침내 그림을 완성하고 마지막 사인을 했다
그는 지친 몸을 이끌고 성당 문을 나서다 눈앞에
펼쳐진 자연의 경이로움에 감탄하며 도취되었다
그때 미켈란젤로의 뇌리에 강하게 스친 생각이

'신은 이렇게 아름다운 자연을 창조하고도 어디에도
이것이 당신의 솜씨임을 알리는 흔적을 남기지 않았는데
나는 겨우 작은 천장화 하나를 그려놓고
나를 자랑하려고 서명을 하다니…'

미켈란젤로는 곧장 돌아가 자신의
사인을 지웠다는 유명한 일화가 있다
단, 바티칸 성 베드로 대 성전에 소장된
미켈란젤로가 23살 때 조각한 작품인

마리아가 예수를 안고 슬퍼하는
'피에타'에만 유일하게 사인을 남기게 되었다
순례 여정 중의 여러 '피에타' 상을 보며
미켈란젤로를 생각하게 되었고
나도 앞으로는 책에 사인을 하지 않기로 하고
미국에서 출간한 순례기는 나의 프로필이 없고
프로필을 적지 않으니, 독자를 무시한다고 해서
부산 성가정 성당에 기증한 책엔 프로필을 담았다
내 생각도 위대하고
독자의 말은 더 위대하다, 글쟁이에게는…

아프리카 구제 선교에서 만난 사람들

디즈니가 제작한 애니메이션
라이온 킹Lion King, 2019 제작의
배경이 되었던 케냐의
마사이 마라는 사파리Safari가 있는
국립공원인데 광활한 들판을
배경으로 TV에서 보았던
아프리카 동물들이 어슬렁거리며
지나다니는 것을 볼 수 있다
심지어 길에서 잠든 동물이 있으면
깰 때까지 기다렸다가
지나가야 할 정도로 동물들의 천국이다
세계에서 유명한 관광지로
손에 꼽히는 곳이지만
이곳의 원주민인 마사이 마라
부족의 삶은 매우 다른 모습이었다

집 짓는 재료가 소똥이라 들어가도 나와도
벽에도 마른 소똥을 볼 수 있었다
집안으로 들어가면 동물의 우리와 같이
후각을 심하게 자극하는 냄새는 물론
파리들도 쉴 새 없이 날아다녔다

수도와 전기시설은 기대하기 어려운
열악한 환경이고 문제는 벗은 채로 있는
어린아이들의 몸에 파리떼와 모기가
달라붙어 연신 피를 빨고 있는 광경은 너무 참혹했다
가져갔던 볼펜을 주니 먹는 것으로 알고
입으로 물어뜯고 있었다

이들에게 진정 필요한 것은
옷과 먹을 것이었는데
다음에 방문할 때는 보따리가 아니라
컨테이너에 먹는 것을 담아 오고 싶었다
아이들의 맑은 눈망울 위로 날아드는
파리와 모기에게 몸을 내주던 아이들이
생생하게 기억에 남아
자주 그들을 떠 올리게 된다
그리고 더 이상 아이들이
배고픔에 시달리지 않도록 기도와
도움이 절실히 필요한 나라였다

남아프리카 짐바브웨에서 천사 같은 얼굴을 가진
원주민 안내자 토마스를 만났다

짐바브웨가 영어와 토속어를 사용하는 나라라
토마스의 영어 실력은 유창했고
성격도 활달하고 어질고 착했다
게다가 짐도 잘 들어주고 무엇이든
척척 해내고 시원시원하게 일도 참 잘했다

그런데, 그의 몸에서 나는 고약한 냄새는
핸섬하고 친절한 그에게 다가가서
이야기하는 사람들에게 상당한 인내가
필요했고 조금 거북해하는 눈치였다
그렇게 착하고 예의 바른 토마스가 안타까웠다
그는 아프리카의 일부다처제를 따르지 않고
천주교 교리에 따라 일부일처제를
지키고 있어 많이 칭찬해 주었다

나는 토마스에게 내가 가지고 있던
옷과 약품과 간식거리
여행용 가방까지 전부 그에게 주었다
가난하지만 천사처럼 사는
그에게 무엇이든 다 주고 싶었다
마지막으로 내 목에 걸려있던 나무

조각으로 만든 묵주를 벗어주었다
토마스는 나를 안아주며
평소에 가지고 싶었던 게 나무 묵주였다며
하느님께 감사하며 나를 위해
영원히 기도하겠다고 눈물이 그렁했다
토마스의 마음이 고맙고 지금까지
신실하게 살아주어서 고마웠다

10월 3일에 발견한 새로운 의미

해마다 10월 3일은 우리 민족이 세워진 날을
기념하는 개천절開天節로 국경일이라
태극기를 게양하고 공휴일로 지냈다
이날은 공휴일인 동시에 내 생일이기도 해서
학생 때는 생일날 학교 안 간다고
친구들이 많이 부러워하기도 했다

성지 순례길에 이탈리아 움브리아에 있는
아시시의 성 프란시스코 성인을 만나러 갔다
프란시스코 성인을 두고
마하트마 간디가 남긴 말은
프란시스코 성인의 면모를 잘 설명해 준다

'백 년마다 한 번씩 성 프란치스코가
태어난다면 세상의 구원은 보장될 것이다.'

프란시스코 성인은 세상에서 버림받은
불쌍한 자들이 사는 가장 낮은 곳에서
세상의 아픔을 보듬고 사랑하며 살다
1226년 10월 3일 선종하셨는데
묘하게 성인의 선종일과 내 생일이 일치했다

순례길 그것도 아시시에서 맞은 생일은
좀 특별하게 다가왔고 나는 이번 생일부터
나누는 삶을 살기로 나 자신과 약속한 터였다

마침 머물고 있던 수녀원 숙소 방을
청소하러 온 청소부가 있었는데
그녀는 작고 초라해 보였다
그녀를 보며 나 자신과의
약속을 행해야 겠다는 생각을 했고
내 생일 기념으로 두둑한 팁과 아끼는 새 옷 재킷을
그녀에게 입혀주었는데 다행히 잘 맞았다
그녀는 기뻐하며 이탈리아인답게
정열적으로 나를 안아주었다
성인을 닮아간다는 것은 연습이 많이 필요하지만
이 한 번의 손길이 내가 받는 것 보다
내 생일 날 내가 남에게
선물을 주는 기쁨은 참으로 컸다

마더 테레사의 시

한 번에 한 사람

난 결코 대중을 구원하려고 하지 않는다
난 다만 한 개인을 바라볼 뿐이다
난 한 번에 단지 한 사람만을 사랑할 수 있다
한 번에 단지 한 사람만을 껴안을 수 있다
단지 한 사람, 한 사람, 한 사람씩만…

따라서 당신도 시작하고
나도 시작하는 것이다
난 한 사람을 붙잡는다
만일 내가 그 사람을 붙잡지 않았다면
난 4만 2천 명을 붙잡지 못했을 것이다

모든 노력은 단지 바다에 붓는 한 방울 물과 같다
바다는 그 한 방울만큼 줄어들 것이다
당신에게도 마찬가지다
당신의 가족에게도
당신이 다니는 교회에서도 마찬가지다
단지 시작하는 것이다

한 번에 한 사람씩

'나도 이 세상에 다시 한 번 태어난다면
테레사 수녀님처럼 진정 가치 있는 일을
꼭 해보고 싶어서 한 번에 한 사람씩
수녀님의 호흡을 마음속에 새겨보았다.'

사랑의열매 아너소사이어티

미국에 있을 때 하루는 친구 케이를 따라
적십자사에서 헌신하는 봉사활동에 참여했다
그곳 프로그램에 따라 봉사를 하다가
점심시간이 되어 식당에 가자는 내게 케이는
"리사, 이곳에 봉사하러 오는 사람은
각자가 알아서 준비해 온 점심을 먹고 봉사자들의
음식 제공을 위해 비용을 지출하지 않아."라며
후원금은 그대로 사회로 환원된다고 했다

친구의 설명을 듣고 적십자사에 대한 신뢰감이 생겼다
귀향하여 부산에서 봉사하려고
적십자사에 문의했다
그런데, 전혀 생각지 못한 변수가 생겼다
규정상 65세 이하라는 나이 제한에 걸려 실망감을
감추지 못하고 돌아서는 내게 위로의 말일까?
'그냥 뵈면 젊어 보이시는데 생각보다….' 말끝을 흐렸다
웃어야 할지 울어야 할지 미국에서는 내 나이에
봉사는 전혀 문제가 안 되는데
예상 밖의 상황에 당황스러웠다

찬 바람이 불고 겨울이 다가오는데

성당에서 어려운 가정을 위해
연탄 나눔 행사가 있어 참여하려 했더니
신부님께서 길도 미끄럽고 추우니
댁에서 이웃을 위한 기도로
함께해 주면 좋겠다고 하셨다
나는 연탄을 나르기는 어려울지 몰라도
그들과 동행하며 따뜻하게 손도 잡아주고
얼마라도 봉투에 넣어 드리고 싶었는데…
'나이'가 자꾸 걸림돌이 되고 있었다
나는 계속 봉사할 수 있는 방법을 찾다가
마침내 사랑의열매를 만나게 되었다

아너소사이어티 회원이 되면
'복지 현장을 직접 방문하여 봉사활동을 수행합니다.'
라는 문구가 눈에 들어왔다
나이가 들어도 봉사할 수 있는 곳을
찾게 되어 마음이 흐뭇했다

폴이 떠나고 난 후 해마다 폴을 생각하며
한 가지씩 의미 있는 일을 해왔다
책을 출간해서 헌정하거나
구제 선교나 장학금을 기부해 왔다

2020년은 다섯 권의 시집을 출간해서
필요로 하는 곳에 헌정했다

아너소사이어티 회원이 되어 기뻤다
2020년 성탄절을 앞둔 12월 22일
아들 폴과 같이 부산 사랑의열매 회원이 되었다
이듬해 2021년 11월 11일
사랑의열매 23주년 기념식에서
제8회 공헌장 기부 분야에서 대상을 받았다
이런 큰 상은 앞으로 더 열심히
나눔과 봉사를 하라는 뜻으로 이해했다

언젠가 기회가 주어지면 어린이집의
아이들도 만나고 홀로 사는
친구 같은 분들도 만나고 싶지만
지금 내가 할 수 있는 일은 나의 작은
재능으로 아픈 가슴을 가진 사람들과
나처럼 암을 치료 중이거나 암으로 고통받는
사람들에게 위안을 주는 글을 쓰고 싶다
자연 속에서 좋아하는 산문시를 쓰면서
살고 있는 현재가 좋아서 매일 감사하다

영덕 자연생활 교육원

2017년 내가 고향으로
돌아온 지 3년 만에 암 판정을 받았지만
가족의 수술 권유를 뒤로하고
이상구 박사님을 만나 상담 받고
갑상샘암 치유를 위해 자연생활을 한다
병원이 아닌 자연 치유방식으로
자연이 주는 건강식을 먹고
자연 속에서 운동하며 자연과 함께
사는 방법이 내 적성에 맞았다
좋은 곳이 여러 군데 있지만
영덕의 칠보산 소나무가 좋고 부산과 가깝고
자유스러운 스케줄에 나는 호감을 느꼈다

영덕 자연생활 교육원에서
내 예명은 '기쁘미'로 통한다
수잔나 수녀님이 산책 중에 달맞이
언덕에서 내게 '기쁘게 살면 낫는다'고
'기쁘게 살라'며 지어 주신 예명이다

나도 마음에 쏘옥 들었고
그 뒤로 나는 교육원에서 예명으로 통한다

기쁘미 언니, 기쁘미 형님, 기쁘미 시인님,
기쁘미 선생님이라 불러주는 사람들 속에서
나는 한결같이 찐찐으로 행복하다
기쁘미를 부르면서 화를 낼 수는 없지 않는가
'기쁘미'라고 부르면서 화를 낼
사람이 있다면 나는 웃음이 나올 것 같다
교육원에서 같이 지내는
'바람님'은 나에게 멋진 칭찬을 해 주었다

"기쁘미는 항상 웃는 얼굴로 먼저 인사하니
이곳 영덕 자연생활 교육원이
화기애애하고 환한 꽃밭이 되었어요."
이보다 더 좋은 칭찬은 없을 것 같다

"기쁘니 언니, 기쁘미가 없으니 안 기뻐요
실장님이 저보고 기쁘미가 안 와서 우울해 보인대요."
내가 좋아하는 향기님의 말이다

예명이 향기인 그녀를 생각하면 절로
입가에 미소가 피어오르고 어느새 나의
온몸과 마음에 자연의 싱그러운 산소가

향기로 변해 모세혈관까지 스며든다
내 몸과 마음에 스며든 이 고급스런
향기를 나는 이웃들과 나누고 싶다

산속에 있다 보니 자연과 함께 할 수 있고
자연이 주는 치유에 고마움이 하나씩 쌓여
노래가 되고 시가 되어
시집으로 출간하게 되었다
2022년 2월 출간된《암이 내게 준 행복》은
암 환우들에게 인기가 좋다
암 환자인 나는 그들과
아픔을 나눌 가슴이 있고
그들의 마음에 조금 더 가까이 다가갈 수 있으니
우린 서로 위로가 되고
의지가 되는 친구가 되었다

2022년 9월 출간된《암이 준 하늘선물》이
그분께서 빛으로 주시는 축복을 넘치도록 받아서
암으로부터 자유로워지길 기도하는 마음이다
《암이 준 하늘선물》은 가평에 있는
'뉴스타트 교육원'에 헌정이 되었다

마지막을 예비하다

2006년 6월 AIU-London 대학에 두 달간
연수를 가기 전이었다
혹여 사고라도 난다면 내 사후 장례를 담당할
'넵튠 소사이어티Neptune society'에 문의했다
알렌 베네딕트라는 직원이 우리 집에 방문하여
친절히 상담하고 가입을 도와주었다
신분증 크기의 마그네틱 카드를
수령하는 것으로 가입 절차를 마무리했다

이 회사는 미국 최대의 장례회사로 40년 넘게
장례 사업을 해 온 역사가 있는 회사라
안심하고 장례를 맡길 수 있다
일단 가입 회원이 되면
런던이나 어느 곳에서 사망하든지 가입 시 발급한
카드를 소지하고 있으면 사망 통보를 받은 즉시
주검을 옮겨와 화장 후 본인이 원했던
방식으로 장례 진행을 돕는다고 했다
납골, 해양장, 수목장, 화초장 등 기타 본인이
가입 시 작성해 두었던 장례의향서에 따라
그대로 장례를 진행해 주는데 나는
바다와 산에 반반씩 골분을 뿌려달라고 했다

흙에서 왔으니 흙으로 돌아가는 것이 자연스럽지만
폴이 바다로 갔으니 나 또한 바다로 가고 싶었다

최근 내가 암 치료차 머무는
영덕 자연생활 교육원에서 임종을 할 경우
화장해서 칠보산 소나무 아래 뿌려 달라고
진행에 필요한 절차를 미리 준비해두었다
영덕이 아닌 경우 부산이라면
나와 폴의 남은 분골을 바다에 뿌려주면 된다
그리고 내 사후에 장기는 부산 인제대 백병원에서
생명을 살리는 데 사용되도록 서명했고
장례식에 사용될 영정사진은 봉투에 편지와 함께
둘 예정이니 허둥대지 않아도 될 것이다

한 가지 바람이 있다면
사전 장례식을 할 수 있다면
미리 한 자리에서 가까운 친척들과 지인들을 만나
즐거운 파티를 하면서
웃으며 떠나는 방법을 택하고 싶다
조의금 봉투는 모두 받아서 필요한 곳에
기부하고 가려 하니 사양하지 않을 예정이다

〉

나에게 마지막 간절한 바람이 있다면
언제나 든든하고 말없이 묵묵히 나를 도와준
남동생이 나를 앞서 떠나는
일이 없기를 바라는 마음이다

나는 이미 부모님과 세상에서 가장 사랑하고
보고픈 향기 언니를 혈액암으로 떠나보냈고
남편과 아들까지 보냈는데
뇌경색으로 한번 쓰러졌던 남동생마저
나를 앞선다면 나는 견뎌낼 수 없을 것이다
남동생과 산티아고 순례길도 가고
황창연 신부님이 계신 잠비아에
선교여행도 가고 싶었는데
모든 계획이 이렇게 끝나게 되었다

동생 마르첼리노와 올케 실비아
그리고 여러 조카들의 사랑이 극진해서
그들과 좀 더 여행을 하고
즐거운 시간을 추억으로 가져갔으면
더 이상 바랄 것이 없겠으나

욕심 같아서는 헌정할 책을
몇 권이라도 더 쓰고 싶다

내가 언제 세상을 떠날지 알 수는 없지만
미리 고마운 분들에게 안부와 감사의 인사를 담은
시집《당신의 평화를 빕니다》를 출간했다
지금은 암 치료하며 자연과 더불어 지내고 있지만
내 생명이 다하는 날까지 세상을 향한 평화와
사랑을 위한 밝고 긍정적인 시를 쓰면서
헌정작가의 길을 가고 싶다

30년 전 아들을 품에 묻고 다양한 글을 써서
아들에게 헌정하는 마음으로
상석에 놓아두고 했던 책들이

수십 년의 경험이 되어 지금까지
필요로 하는 곳에 책을 써서
헌정하게 된 것이
하늘의 뜻이었는 것 같고
아들 폴 유빈은 엄마의 글에
큰 자양분이 되어 주었다고 생각된다

〉
지금까지 내 삶이 헛되지 않게 지켜주고
돌봐준 모두에게 모든 것에 감사하고 싶다
마지막으로 제 미숙한 글을 수십 년씩
읽어주신 모든 분에게 머리 숙여 감사한다

이 땅이 이렇게 아름답고 값진 곳이듯
4차원의 세계는 찬란하고 황홀하겠지

사랑하는 나의 아들 폴 유빈아
오늘 너는 엄마의 가슴에 있지만
내일은 우리 함께 하겠지 영원히~~
폴, 우리 내일 다시 만나자!

　이향영 리사리 선생님의 80년의 삶을 인터뷰와 저서로 만나오면서, 어떤 한 분의 모습과 닮아있다고 생각했다. 바로 스페인 출생의 20세기 위대한 첼리스트 파블로 카잘스Pablo Casals(1876~1973, 96세 사망)의 삶이다. 하루의 시작을 첼로 소리로 시작하는 그에게 95세가 되어도 매일 6시간씩 연습하는 이유를 한 기자가 질문했는데, 그의 대답은 간결했다.

　"왜냐 하면 지금도 내가 조금씩 발전하고 있다고 생각하기 때문이지." 라는 유명한 명언을 남겼다. '다시 백 년을 더 산다고 해도 첼로 연습을 하겠다.'던 카잘스는 변화를 위한 끊임없는 노력과 첼로에 대한 깊은 애정이 오늘날 세기를 대표하는 거장으로 우뚝 서게 했다.

　선생님은 올해 10월 팔순이 되시지만, 집필의 열정에서 나이는 전혀 중요하지 않다. 오히려 꿈꾸는 청년의 심장을 가지셨다고 해도 과언이 아니다. 대게는 1년에 한 권의 시집을 출판하는 것도 어려운데, 2020년에는 다섯 권의 시집을, 2021년 이어, 2022년 올해에도 네 권의 시집을 출판하셨다. 온몸에 체화된 시어詩語의 결정체들은 한 권씩 산통을 통해 세상으로 태어났다. 1992년 폴 유빈 리 아들의 죽음으로, 1993년부터 아들을 생각하며 헌정되었던 작품들 또한 시, 수필, 소설 등 다양한 장르로 표현되어 왔다. 한 장르의 글을 쓰기도 어려운데 여러 장르를 아우르며 집필을 한다는 것은, 변화와 발전을 위한 끊임없는 노력이라는 점에서 내게는 카잘스처럼 거장의 그 모습과 다르지 않았다. 물론 현재는 선생님을 문학계의 거장이라 평하지는 않지만, 앞으로의 일을 누가 알겠는가? 선생님의 말씀이 '감동이 되면 쓸 수 있다.'고 하셨다. 나는 그 감동을 믿고 싶다. 그 감동이 나와 우리를 넘어 세계로 감동이 흘러가길 바란다.

선생님의 글이 세상으로 나온 것은 60년 전 동아일보에 '고달픈 새벽길'이 기사화되면서부터다. 선생님의 80년 인생 결정들이 작품으로 세상에 나올 때마다 성장이 성숙으로 이르는 변화를 가슴으로 느끼게 되고 마음의 울림은 시에 중독되게 했다. 선생님에게 카잘스의 상상처럼 백 년이 더 주어진다면, 열정의 두레박으로 마르지 않는 시어를 퍼올리며 살지 않으실까 생각해본다.

카잘스와 닮은 또 다른 한 가지는 세계 평화를 위한 노력이다. 카잘스는 세계대전과 강대국의 냉전, 스페인 내전 등 불안의 시대를 살았다. 이런 상황 속에서 카잘스는 조국의 평화를 위해 꾸준히 노력해 왔는데, 그의 조국 사랑은 1958년 유엔결성 13주년 기념식에 초청되었을 때 잘 나타나 있다. 카잘스가 〈바흐의 첼로소나타 2번〉을 연주한 후 앙코르곡으로 연주된 곡이 그 유명한 〈새의 노래〉이다. 이 곡은 그의 자작곡으로 내전으로 폐허가 된 조국 스페인을 생각하며 평화를 갈망하는 메시지를 담았다.

"이 곡을 여러분께 들려주고 싶다."고 운을 뗀 그는 "이 새는 하늘을 향해 날 때, peace 평화, peace 평화, peace 평화라고 웁니다. The birds in the sky, in the space, sing 'peace, peace, peace.'"라고 설명했고, 반전反戰과 평화의 메시지 담긴 이 곡은 당시 40개국으로 방송되어 많은 공감을 받았다는 이야기가 전해진다.

"이 세상에 다시 한번 태어난다면, 테레사 수녀님처럼 진정 가치 있는 일을 꼭 해보고 싶다"는 선생님은 마더 테레사 수녀님(1910~1997)의 〈모든 노력은 단지 바다에 붓는 한 방울 물과 같다〉 중에서 '한 번에 한 사람씩'이란 시를 마음에 두셨다.

한 번에 한 사람씩 사랑할 수 있다는 마더 테레사는 세계 평화를 위해 '사랑의 선교회'를 설립했다. 그녀의 작은 사랑의 손길이 50년이 지난 지금은 전 세계 120여 개국에, 소속된 수녀도 4천 800명에 750개 이상의 시설로 운영되고 있다. 그녀의 사랑과 평화의 손길이 얼마나 큰 열매를 맺어갔는지 알 수 있다. 단, 한 번에 한 사람을 사랑한 위력이다.

선생님의 많은 시집 가운데 《당신의 평화를 빕니다》는 선생님의 세월의 흔적이 고스란히 남아 있다. 고비 고비 인연들의 감사함과 구제와 선교에서 만남 인연과 장학금 기증과 아들의 선행 등 '단지 한 사람만을 껴안을 수 있다.' 던 마더 테레사의 시처럼 삶의 길에서 한 번에 한 사람만을 껴안아 주면서 오늘의 기부 작가로의 삶에 이르렀다. 어느 곳에서 계시든 당신을 비우고 이웃의 아픔을 보듬는 선생님의 행보가 바로 세상의 평화를 위한 귀한 걸음이라 생각한다. '세상에서 보고 싶은 변화, 당신이 실천하라.'라는 마하트마 간디의 말처럼 선생님이 보고 싶은 세상의 모습을 위해 묵묵히 그러나 지치지 않고 삶의 여정을 실천해

주셔서, 참으로 감사하다.

선생님의 삶을 담아가며 인터뷰하던 중에 우연히 40년이 넘는 선생님의 친구 수지 킴 선생님과 통화하게 되었다. 짧은 통화지만, 친구를 자랑하고 싶다면 친구의 최고 덕목을 무엇이라고 보느냐는 물음에 "정말 진실한 친구예요. 사랑이 많고 정직한 친구, 내 자랑이 이 친구죠. 이런 친구가 없습니다."라고 하셨다. 평생에 친구로부터 이런 찬사를 받는다는 것은 정말 값진 인생의 극찬이다. 그랬다. 선생님의 시는 진실과 솔직함 그 자체였다. 진실한 80년의 삶을 이 무딘 글로 다 표현해 드리지 못해 그저 송구할 따름이다. 나의 졸필이 '국 냄비 아래 건더기는 두고 위에 국물만 퍼냈던 건 아닌가.'라는 부족함과 아쉬움을 돌아보게 한다. 그런데도 한발 물러서고자 했던 나에게 격려하시며 할 수 있다고 용기를 주신 선생님께 진정 감사의 마음을 드린다. 선생님의 여생이 식지 않는 용광로의 열정으로 청년의 꿈처럼 불타오르시길 바라며, 다음 시집을 기다려 본다.

아직 80년의 인생을 걸어가는 중이지만 '나는 소신을 가지고 진실하게 살아갈 수 있을까' 하는 질문을 던져본다. '너를 가만히 보고 있노라면/ 내 눈이 노오랗게 물들어/ 찬란한 별이 되었네'

《암이 내게 준 행복》 양지꽃의 일부로 그 답을 찾아가고자 한다.(전효선)

당신이 있어 내가 있습니다 -우분투❷

ⓒ전효선 2022

초판 1쇄 발행 2022년 11월 10일

엮은이 전효선
펴낸이 배재경
펴낸곳 도서출판 작가마을

등록 2002년 8월 29일(제 2002-000012호)
주소 부산광역시 중구 대청로 141번길 15-1 대륙빌딩 301호
　　　서울시 도봉구 도당로 82(방학1동, 방학사진관 3층)
대표전화 051)248-4145, 2598 ┃ **팩스** 051)248-0723
전자우편 seepoet@hanmail.net

ISBN 979-11-5606-199-1 03810　정가 15,000원